Tucholsky Wagner Zola Scott Sydow Freud Schlegel
Turgenev Fonatne Wallace
Twain Walther von der Vogelweide Fouqué Friedrich II. von Preußen
Weber Freiligrath Frey
Fechner Weiße Rose von Fallersleben Kant Ernst Frommel
Fichte Richthofen
Engels Fielding Hölderlin
Fehrs Faber Flaubert Eichendorff Tacitus Dumas
Maximilian I. von Habsburg Fock Eliasberg Zweig Ebner Eschenbach
Feuerbach Ewald Eliot Vergil
Goethe Elisabeth von Österreich London
Mendelssohn Balzac Shakespeare Dostojewski Ganghofer
Trackl Lichtenberg Rathenau Doyle Gjellerup
Stevenson Hambruch
Mommsen Tolstoi Lenz Hanrieder Droste-Hülshoff
Thoma von Arnim Hägele Hauff Humboldt
Dach Verne Hagen Hauptmann Gautier
Karrillon Reuter Rousseau
Garschin Defoe Hebbel Baudelaire
Damaschke Descartes
Hegel Kussmaul Herder
Wolfram von Eschenbach Dickens Schopenhauer Rilke George
Bronner Darwin Melville Grimm Jerome
Campe Horváth Aristoteles Bebel Proust
Bismarck Vigny Barlach Voltaire Federer Herodot
Gengenbach Heine
Storm Casanova Tersteegen Grillparzer Georgy
Chamberlain Lessing Langbein Gilm Gryphius
Brentano Lafontaine
Strachwitz Claudius Schiller Kralik Iffland Sokrates
Katharina II. von Rußland Bellamy Schilling
Gerstäcker Raabe Gibbon Tschechow
Löns Hesse Hoffmann Gogol Wilde Gleim Vulpius
Luther Heym Hofmannsthal Klee Hölty Morgenstern Goedicke
Roth Heyse Klopstock Kleist
Luxemburg Puschkin Homer Mörike Musil
Machiavelli La Roche Horaz
Navarra Aurel Musset Kierkegaard Kraft Kraus
Lamprecht Kind Moltke
Nestroy Marie de France Kirchhoff Hugo
Laotse Ipsen Liebknecht
Nietzsche Nansen Ringelnatz
Marx
von Ossietzky Lassalle Gorki Klett
May Leibniz
Petalozzi vom Stein Lawrence Irving
Platon Knigge
Sachs Pückler Michelangelo Kafka
Poe Kock
de Sade Praetorius Liebermann Korolenko
Mistral Zetkin

Der Verlag tredition aus Hamburg veröffentlicht in der Reihe **TREDITION CLASSICS** Werke aus mehr als zwei Jahrtausenden. Diese waren zu einem Großteil vergriffen oder nur noch antiquarisch erhältlich.

Symbolfigur für **TREDITION CLASSICS** ist Johannes Gutenberg (1400 — 1468), der Erfinder des Buchdrucks mit Metalllettern und der Druckerpresse.

Mit der Buchreihe **TREDITION CLASSICS** verfolgt tredition das Ziel, tausende Klassiker der Weltliteratur verschiedener Sprachen wieder als gedruckte Bücher aufzulegen – und das weltweit!

Die Buchreihe dient zur Bewahrung der Literatur und Förderung der Kultur. Sie trägt so dazu bei, dass viele tausend Werke nicht in Vergessenheit geraten.

Vor Leyden

Adolf Stern

Impressum

Autor: Adolf Stern
Umschlagkonzept: toepferschumann, Berlin

Verlag: tredition GmbH, Hamburg
ISBN: 978-3-8424-1201-9
Printed in Germany

Ziel der TREDITION CLASSICS ist es, tausende deutsch- und fremdsprachige Klassiker wieder in Buchform verfügbar zu machen. Die Werke wurden eingescannt und digitalisiert. Dadurch können etwaige Fehler nicht komplett ausgeschlossen werden. Unsere Kooperationspartner und wir von tredition versuchen, die Werke bestmöglich zu bearbeiten. Sollten Sie trotzdem einen Fehler finden, bitten wir diesen zu entschuldigen. Die Rechtschreibung der Originalausgabe wurde unverändert übernommen. Daher können sich hinsichtlich der Schreibweise Widersprüche zu der heutigen Rechtschreibung ergeben.

Einleitung

Unsere deutsche Literatur, reicher an dichterischen Individualitäten als manche andere, weist auch eine Reihe von Persönlichkeiten auf, in denen der Gelehrte mit dem Dichter ein Bündnis eingegangen ist, Männer, deren Name sowohl in ihrer Wissenschaft als auch in der schönen Literatur einen guten Klang hat, deren wissenschaftliche Arbeiten durch den erhöhten Reiz der Darstellung sich größere Kreise erschlossen haben als manche grundgelehrten Werke, und deren poetischen Leistungen die Fülle und Tiefe des Wissens ihrer Urheber durchaus zugute kommt.

Freilich, nicht immer ist die Mischung in solchen Persönlichkeiten gut geraten, zuweilen bedeutet das innere Schwanken zwischen Wissenschaft und poetischem Schaffen einen Konflikt, und wir wissen z. B. von Scheffel, daß ihm in seiner späteren Zeit sinkenden Selbstvertrauens nicht mehr möglich war, den Gelehrten durch den Dichter zu zwingen und mitzureißen. Auch die s. Z. plötzlich in den Vordergrund geratene und vom Publikum stark überschätzte »Professorenpoesie«, wie sie im archäologischen Roman ihre nicht allzunachhaltigen Erfolge feierte, legt Zeugnis davon ab, daß die Mischung von Dichter und Gelehrtem vor allem dann nicht gerät, wenn die Muse erst nachträglich zu Gevatter gebeten wurde.

Männer wie Freytag, Riehl, Wilhelm Hertz hat Kritik wie Publikum natürlich nie unter die dichtenden Professoren gerechnet; daß Geibel und Kinkel zeitweilig Literaturprofessoren gewesen, ist den wenigsten bekannt und in der Tat auch unwesentlich. Bei einem aber hat Publikum wie Kritik den Dichter über dem Literaturprofessor lange Jahrzehnte nicht zur Geltung kommen lassen, und die wissenschaftlichen Fachgenossen haben den Poeten in ihm scheel angesehen. So ist es gekommen, daß Adolf Stern einerseits unter den archäologischen Dichtern nur eben mitgenannt und darum nicht seinem Wesen und Leisten entsprechend gewürdigt, ja beachtet, andrerseits von den zünftigen Literarhistorikern gern umgangen worden ist – solange beides eben möglich war.

Es gibt nun zu allerlei nachdenklichen Betrachtungen Anlaß, den allmählichen Umschwung in der Schätzung Adolf Sterns als Dichter und Literarhistoriker zu verfolgen. Der letztere drang zuerst durch.

Ihren Ausdruck fand diese Tatsache in der gemeinsamen Otto Ludwig-Ausgabe von Adolf Stern und Erich Schmidt (1891), für welche Stern eine der schönsten Dichterbiographien schrieb, die unsere Sprache besitzt. Nicht nur als Dichter war er dazu besonders berufen, sondern ihm kam diese Aufgabe zu, weil er, mit dem großen Realisten vor und in seinen Krankheitsjahren in persönlicher Berührung, mit seinen ästhetischen Anschauungen früh auf das genaueste bekannt, zuerst seine literaturgeschichtliche Stellung erkannt und somit die Auffassung begründet hat, daß die Wurzeln der modernen deutschen Literatur in der realistischen Bewegung der fünfziger Jahre liegen. Auch für Hebbel, mit dem er noch als Strebender in Briefwechsel trat, hat er diesen Aufklärungsdienst geleistet, und in der Frühzeit der Liszt-Wagner-Bewegung stand er unter den Vertrauenden. Seine vermittelnde Wirksamkeit ist aus dem Gange der deutschen literarischen Entwicklung gar nicht herauszulösen. Der Dichter begann sich allmählich durchzusetzen mit dem Erscheinen des Romans »Die letzten Humanisten« (1881). Allerdings langsam. Das Buch ist still seinen Weg gegangen und wird ihn weiter gehen, bis es eingereiht ist in den eisernen Bestand der Bücher, durch die die gebildete, ernst strebende Jugend hindurch muß, um reicher und stärker zu werden und künstlerisch zu reifen, und zu denen der reife Mann von Zeit zu Zeit immer wieder greift, um sich zu vergewissern, ob er sich selber treu blieb in dem Streben nach Wahrheit, Freiheit und Menschlichkeit.

Die volle Anerkennung als Dichter errang sich Stern – leider müssen wir sagen: erst – durch die Veröffentlichung seiner »Ausgewählten Novellen« 1898, wie Adolf Bartels richtig vorausgesagt hat. Eine der darin enthaltenen Novellen war damals bereits 33 Jahre alt, eine andere beinahe 20, der Dichter selbst 63 Jahre.

Habent sua fata libelli, oder besser noch *poetae*! Doch wir wollen uns lieber freuen, daß der Dichter durch die Aufnahme in diese Volks-Bücherei, wie auch in andere ähnliche Sammlungen in gerechter Anerkennung seiner Bedeutung auch äußerlich an die Stelle gerückt ist, wo die Besten versammelt sind und nun über den Kreis der Gebildeten hinaus zum ganzen Volke reden dürfen. –

Wir wollen nun von seinem Leben und poetischen Schaffen erzählen.

Adolf Stern (ursprünglich Adolf Ernst geheißen) wurde am 14. Juni 1835 zu Leipzig geboren. Durch ungünstige Verhältnisse seiner Familie genötigt, die regelmäßige Schullaufbahn abzubrechen und sich autodidaktisch weiterzubilden, erfuhr er frühzeitig, was dazu gehört, sich emporzuarbeiten und zur Geltung durchzuringen. Er machte es möglich, von 1852 ab erst in Leipzig, dann in Jena Geschichte, vergleichende Sprachwissenschaft, Literatur und Kunstgeschichte zu studieren und erhob sich bald durch seine umfassenden Kenntnisse, die sich nach und nach auf alle Literaturen ausdehnten, über die Belletristen der damaligen Zeit, obwohl selber vorläufig auf eine reine Literatenexistenz angewiesen. Sein früh erwachtes poetisches Talent (1855 erschien seine erste Gedichtsammlung) fand bei seiner ernsteren Richtung zunächst nur wenig fruchtbaren Boden, und die Anregungen, die ihm Leipzig bot, waren damals, wie auch Otto Ludwig anderthalb Jahrzehnt früher erfahren hatte, nicht ergiebig genug, um ein Schöpfen aus dem Vollen zu ermöglichen. Durch ausgebreitetes und tiefgehendes Studium der Geschichte gelang es ihm dann, jene »Fülle der Gesichte«, die der Dichter braucht, zu schauen, seiner Phantasie eine Welt zu erschließen, aus der er immer wieder schöpfen und Gestalten und Bilder mit einer erstaunlich sicheren Darstellungskraft heraufbeschwören konnte, als wäre er der vertraute Weggenoß dieser vergangenen Menschen und der mitfühlende Teilnehmer ihrer Schicksale gewesen. Dieses Ergreifen vergangenen Lebens mit der Phantasie und dem Herzen zugleich, das sich jedem Leser seiner historischen Novellen und Romane sehr bald fühlbar macht, rückt ihn von den archäologischen Dichtern weit ab in die Reihe der selbständig Schaffenden. Mit der ersten Sammlung der »historischen Novellen« 1865 steht er bereits auf der Höhe epischer Kunst.

Inzwischen hatten sich seine Lebensverhältnisse gefestigt. Wichtige persönliche Beziehungen waren geknüpft worden: mit dem Lisztschen Musiker- und Schriftstellerkreise in Weimar, mit dem vielverheißenden Dichterkomponisten Peter Cornelius und Felix Dräseke; mit Hebbel trat er in brieflichen Verkehr, von Otto Ludwig empfing er entscheidende Anregungen und trat ihm persönlich nahe. Alles das hat seine Früchte getragen nicht nur für ihn selbst, sondern für die literarische und künstlerische Entwicklung der zweiten Hälfte des 19. Jahrhunderts.

1860 wurde Stern Lehrer der Geschichte und Literatur am Krauseschen Institut in Dresden, 1861 setzte er in Jena seine Geschichts- und Sprachstudien fort und verheiratete sich 1863 mit der Landschaftsmalern Malvine Krause, der »Jone« seiner Gedichte. Er lebte erst in Schandau, dann in Dresden als Schriftsteller und wurde 1868 außerordentlicher und 1869 ordentlicher Professor der Literaturgeschichte an der technischen Hochschule daselbst. In dieser Stellung ist er unausgesetzt wissenschaftlich tätig geblieben und hat, namentlich durch seine »Geschichte der neueren Literatur« (7 Bände 1882–1884), »Zur Literatur der Gegenwart« 1880, »Studien zur Literatur der Gegenwart« 1895, 2. Auflage 1898, »Die deutsche Nationalliteratur vom Tode Goethes bis zur Gegenwart« (Fortsetzung zu Vilmars G. d. d. Nat. Lit., 4. Auflage 1901) und die Biographie Otto Ludwigs (1891) eine führende Stellung errungen, die, wie wir sahen, zuweilen die Zeitgenossen vergessen ließ, daß er eigentlich als Dichter begonnen hatte und immer dichterisch tätig geblieben war.

Als Dichter ist Adolf Stern vor allem Epiker. Aber was er erzählt, ist zugleich so von Stimmung gesättigt, daß auch eine starke lyrische Begabung anerkannt werden muß. Hiervon geben seine 1900 in vierter Auflage erschienenen Gedichte das schönste Zeugnis. (Vergl. des Verf. Studie in der wissenschaftlichen Beilage der Leipziger Zeitung vom 11. April 1901.) Neben den seiner ersten, ihm 1877 wieder entrissenen Gemahlin gewidmeten Liedern bedeuten die »Margretlieder« die Krone der Sammlung. Sie geben erschütternde Kunde davon, wie auch der Schmerz im Leben des Dichters sich sein Heimatsrecht erzwungen, und lassen uns ahnen, welchen Anteil an der lebenswahren Gestaltung seiner Dichtungen überhaupt eigenes schweres Erleben gewonnen hat: seine zweite Gemahlin, die ausgezeichnete Liszt-Schülerin Margarete Herr, mit der er sich 1881 vermählte, wurde ihm 1899 nach unvergeßlichen Jahren sonnigen Spätherbstglückes wieder durch den Tod entrissen.

So stimmungsvoll Sterns Novellen und Romane sich geben, so wenig wird der feste epische Gang durch die Stimmung aufgelöst: es ist eine sichere Künstlerhand über diesen schlichten und doch so ergreifenden Gebilden tätig, ein Meister der Erzählungskunst, der alle Fäden fest in seiner Hand behält, mit erstaunlicher Sicherheit Situationen und Charaktere herausarbeitet und doch der künstlerischen Ökonomie die Lebenswahrheit nicht opfert.

Die Reihe seiner epischen Werke ist groß. Wir unterscheiden reine Versepen: »Jerusalem« 1858 und das bedeutendere »Gutenberg« 1872, das man, wie Bartels richtig hervorhebt, mit Lenaus und Hamerlings gleichartigen Dichtungen zusammenstellen muß, um es richtig zu würdigen.

Neben diesen stehen Romane, zwei moderne »Bis zum Abgrund« 1861 und »Ohne Ideale« 1882. In dem letzteren gewährt neben der scharfen Charakteristik der Personen, der ernsten Grundstimmung und der tiefen Einsicht in die Seelen der Menschen, die mit den Mächten der Zeit ringen oder sich rücksichtslos durch sie auf die Höhe zu bringen trachten, vor allem die Symmetrie der Komposition hohen künstlerischen Genuß. Die äußere Spannung wird durch die innere überwogen, so bedeutend auch in der Schilderung der Grubenkatastrophe – vor Zolas Germinal – die Meisterschaft Sterns in der Darstellung einer drangvollen Situation hervortritt.

Zwei historische Romane schließen sich an: »Die letzten Humanisten« 1881, von uns schon oben gewürdigt, und »Camoës« 1886. Den Roman »Camoës« muß man neben Tiecks denselben Stoff behandelnden »Tod des Dichters« (1833) halten, und man wird nicht im Zweifel sein, wo das stärkere epische Talent, die größere Kraft und leuchtendere Farbenglut der Darstellung zu suchen sei. Daß gewisse Züge des Tieckschen Comoëns auf den jüngeren Dichter gewirkt haben, halte ich nicht ganz für ausgeschlossen, neige auch mit Bartels Urteil mich zu der Meinung, daß die Entwicklungslinie zu Sterns Novellen über Tieck führt. Schicksalswendungen sind bei Stern das hauptsächlichste Novellenmotiv, wie bei Tieck die Überraschungen zur Technik gehören, nur ist Sterns psychologische Arbeit in der Vorbereitung derselben viel tiefer und feiner, seine Novellen haben mehr Blut, mehr Gemüt und viel mehr künstlerische Konzentration.

Sterns novellistische Tätigkeit zieht sich von 1863 an, die anderen Arbeiten begleitend, durch sein ganzes Leben. 1863 erschien die Sammlung: »Am Königssee«, 1866 »Historische Novellen«, 1868 »Das Fräulein von Augsburg«, 1875 »Neue Novellen«, 1879 »Auf fremder Erde«, »Aus dunklen Tagen«, 1886 »Venezianische Novellen«, 1891 die Sammlung »Auf der Reise«. 1898 wählte er aus den bisher veröffentlichten mit fast zu strenger Selbstkritik neun als

»Ausgewählte Novellen« heraus und ermöglichte so eine Übersicht und Gesamtwertung seines Schaffens auf diesem Gebiete. 1901 folgten noch »Vier Novellen«, die von unverminderter Kraft zeugen.

Mit unbefangenem Blick sieht der Dichter ins Leben, seine Tiefen sind ihm nicht verborgen, aber seine Höhen zu sehen und zu zeigen gilt ihm als unverjährbares Dichterrecht. Er weiß sehr wohl, daß die Gründe unseres Handelns oft in eine Tiefe hinabreichen, die uns selbst verhüllt ist; er weiß aber zugleich, daß unsere dunkelsten Empfindungen meist unsere wahrsten sind und uns zu einem Handeln nötigen, das uns selbst überrascht und dennoch das richtige gewesen ist: weil unser Gemüt es war, das uns nach dieser Seite trieb. Das Erlebnis ist der Ausgangspunkt seiner Novellen. Alle seine Menschen reifen irgendwie an einem Schicksal, und besonders reizvoll gestaltet sich das Motiv, wenn, wie so oft, zwei Menschen in demselben Erlebnis sich ihr Schicksal schaffen, wie sie müssen.

Der Dichter will nicht über seinen Gestalten stehen, er führt uns in das Innere seiner Menschen ein und zwingt uns mit tiefstem Anteil ihr Geschick mitzuerleben. In den Geschichten aus der Vergangenheit zieht ihn nicht das historische Problem an, sondern die inneren Kämpfe der einzelnen Menschen, welche in der Flut der großen Begebenheiten mit fortgerissen werden. Mit sicherer Meisterschaft weiß er die Handlung auf solche Höhepunkte zu führen, wo das allgemein Menschliche aus der geschichtlichen Hülle heraus sieghaft und ergreifend zugleich in die Erscheinung tritt. Wie auf der Bresche in Leydens Mauern Mutter und Sohn nach langer Trennung und Entfremdung sich in die Arme sinken, wie der alte Münstersche Schwarmgeist Bernhard Rotmann dem zum Renegaten gewordenen Jugendfreund als Richter gegenübertritt; solche und ähnliche Situationen in den »Schuldgenossen«, »Violanda Robustella«, »Flut des Lebens« prägen sich unvergeßlich ein und sie gelingen nur dem Meister. Aber der Dichter braucht nicht die verklärte Ferne der Vergangenheit, um zu ergreifenden Wirkungen zu gelangen: ebenso gelingt ihm die Herausarbeitung des rein menschlichen Kerns in den aus dem gegenwärtigen Leben geschöpften Novellen. So schlicht das Wiederfinden in »Heimkehr« geschildert ist, so tief müssen wir miterleben, was die beiden Menschen nach langer Trennung und Trübung innerlich doch wieder zusammenführt.

Neben Storm, Heyse, Riehl und Jensen, neben Wilhelm Raabe als historischen Novellisten gehört auch Adolf Stern: und wer die nachfolgenden beiden Erzählungen aus der Hand legt, der wird das Verlangen empfinden, auch andere Schöpfungen des Dichters kennen zu lernen. Nicht nur der Reiz vollendeter künstlerischer Darstellung wird den Leser gefangen nehmen, sondern vor allem auch die milde, abgeklärte, ernste und feste Persönlichkeit, die solche Gestalten geschaffen, solche Schicksale geschildert hat.

Danzig, im Januar 1904.
Heinrich Löbner.

Vor Leyden

Durch die Oktobernacht, die mit rauhem Westwind, vom deutschen Meere herüberwehend, kalt und unerfreulich begann, glänzten Reihen auf- und niedertauchender Lichter. Wer das Auge fest auf sie gerichtet hätte, würde Schiffslaternen vermutet und weiterhin trotz des Dunkels die schwarzen Rümpfe, die Masten von mehr als hundert Fahrzeugen erblickt haben, die auf der weiten Flut schaukelten. Gewiß eine seltsame Flut: unabsehbar wie das Meer und doch vom stärksten Winde nur leicht geschwellt, doch von Erdhügeln, von zahllosen Baumkronen, von Turmspitzen und Dächern überragt! Im Hintergrunde leuchtete ein mächtiger Feuerschein über dem Wasserspiegel und ließ auf einem Dutzend der ruhenden Schiffe die schlaff hängenden Segel, das Tauwerk und die Gestalten der Bemannung erkennen. Das Chaos schien hier angebrochen: mitten aus den Wogen erhoben sich Feuersäulen, den Nachthimmel rötend. Die Insassen des Bootes, das der ankernden Flotte zusteuerte, erstaunten nicht, sie wußten zu gut, daß die Dörfer Zoetermer und Benthuyzen mit Kirchen und Türmen emporflammten, während die Wasser schon durch ihre Gassen und Gärten rauschten. Es war die Nacht vom ersten zum zweiten Oktober 1574. Die schwarze Flut, über die das Boot dahinglitt, bedeckte die reichen Felder Hollands, war vom Meer durch freiwillig zerstörte Deiche hereingeströmt und sollte die Flotte der Niederländer vor das hartbedrängte Leyden tragen, das von den Spaniern umschlossen war. Jene Männer, welche, auf dem Deck der Schiffe lagernd, ein reiches Mahl hielten, konnten keinen Bissen und keinen Becher zum Munde führen, ohne daß ihnen die verschmachtenden Tausende in der nur stundenfernen Stadt vor Augen traten. Sie sahen auf die im Westwind höher und höher steigende Flut mit halber Befriedigung und hörten die Uhr des brennenden Turmes von Zoetermer die elfte Stunde verkünden. Diese Nacht noch mußte vergehen, ehe der Kampf mit den Spaniern beginnen konnte, die die letzten Dämme zwischen der Stadt und der Flotte besetzt hielten und mit wachsendem Grauen auf die heranschwellende Flut und die Schiffe der Niederländer blickten.

Die Barke hatte sich den Reihen der Schiffe genähert und fuhr zwischen den plumpen hoch über die Flut ragenden Rümpfen dahin. Eine hohe Männergestalt, in schützende Mäntel gehüllt, das Haupt vom dunklen breitkrämpigen Hute bedeckt, unter dem ein bleiches, krankes, aber ernst entschlossenes Gesicht hervorsah, stand aufrecht in ihr. Einige Begleiter saßen dem Stehenden zunächst und richteten ihre Worte lediglich an ihn, der mit dem Blick seiner Augen den fahrenden Schiffern die Richtung anwies. Die ersten Worte, die in der Barke erklangen, wurden in französischer Zunge gesprochen. »Ihr habt seltsame Anstalten getroffen, Monseigneur,« sagte ein kleiner Edelmann lächelnd zu dem Aufrechtstehenden. »Einer verhungernden Stadt Brot zu bringen, überschwemmt Ihr die Ernten einer Provinz und werft das Brot des ganzen Landes in die Flut. Nichts für ungut, mein Prinz, wir in Frankreich haben dergleichen nicht erlebt.«

»Ist es so unerhört, Herr de la Chaillerie,« fragte der Angeredete, »daß alle Kinder eines Hauses darben, um eine todkranke Schwester am Leben zu erhalten? Bei uns ist dies wohl in jeder Fischerhütte, jedem Weberhaus geschehen, warum soll's das Land seinen Leuten nicht nachtun? Wenn Gott uns Erfolg schenkt, werden die Felder zu trocknen, die Dämme wieder zu füllen sein – jetzt gilt's nur, Leyden zu retten!«

»Wenn Ihr noch des Erfolges gewiß wäret, Monseigneur,« entgegnete der Franzose. »Aber was ich zwischen Tag und Nacht von den Schanzen der Spanier unterscheiden konnte, flößt mir wenig Hoffnung ein.«

»Es wird alles und mehr geschehen, als in Menschenkräften steht,« sprach der Prinz mit ruhiger Festigkeit, indem er zugleich die Schiffer anwies, ihr Fahrzeug einem zunächst liegenden zweimaligen Fahrzeuge zuzuwenden. Ein Anruf von demselben, eine kurze Antwort aus der Barke – und von dem Schiffe, über das Schiff, entlang die dichtgedrängte Flotte, klang der Ruf: »Oranien! Oranien! der Statthalter!« Lautschallend, jubelvoll, auf allen Schiffen ein tosendes Leben weckend, ward die Ankunft des Prinzen verkündet. Von den nächsten Schanzen der Spanier blitzten zwei, drei Kanonenschüsse durch die Nacht. – »Sie salutieren!« sagten die Begleiter des Prinzen, indem sie sich erhoben. »Sie wollen zeigen, daß sie wach sind,« entgegnete Wilhelm von Oranien, und stieg an Bord der »Arche von Delft«, wo ihm Admiral Boisot, der trotzige

Meergeuse und Führer der Flotte, entgegentrat. Ihn umgaben die wilden Gestalten seiner Seeländer, schlachtendunkle, wetterharte Gesichter, auf den Hüten den Halbmond mit der Umschrift: »Lieber türkisch, als papistisch«, am Gürtel die breiten Messer, die Enterbeile, die schon so viel blutige Arbeit getan hatten und der morgenden harrten. Dem Prinzen drängten sich die Männer mit heiteren Mienen entgegen und das Lachen nahm sich auf ihren struppigen, narbigen Gesichtern aus wie ein Sonnenstrahl im dunklen Geäst. Oranien richtete kurze Worte an sie und trat dann mit Boisot und anderen Schiffsführern zur Beratung zusammen, während der Jubel über seine Ankunft die Flotte noch erfüllte. In rascher, kurzer Weise frug er nach dem Stande der Dinge. – Boisot deutete nach den von den Spaniern besetzten Dämmen hinüber und sagte:

»Noch zwei Schanzen, bei Zoetervoude und Lammen, liegen zwischen uns und Leyden! Den Damm, auf dem die eine steht, greif ich morgen an. Aber die Durchfahrt ist schmal, und das erste Schiff, das ihn erzwingt, wird nasser vom Blut als vom Wasser sein!«

»Sucht Freiwillige, gebt ihnen einen Führer, der lieber sterben, als Leyden wieder den Rücken kehren will,« antwortete der Prinz.

»Das wollen wir alle!« rief der Geusenadmiral. »Kein Mann auf der Flotte, der anders dächte! Aber das ist's nicht, was ich brauche, Prinz; ich suche einen, der hieb- und kugelfest wenigstens für den Tag ist. Ihr versteht mich: einen, der nach Leyden kommen muß, und dem selbst der Teufel, der mit den Spaniern ficht, nichts anhaben kann!«

Wilhelm von Oranien lächelte unmerklich zum Aberglauben Boisots. Aber er schien dennoch das Wort desselben im Herzen zu bewegen. Sein Blick flog prüfend über die Gruppe der wilden Seehelden, die ihn umgab, und wendete sich dann nach den Schiffen, welche in langen Reihen auf der Flut lagen. Mit raschem Entschluß winkte er dem Admiral und seinen Begleitern: »Laßt uns den Mann suchen, der das erste Schiff gegen den Damm führt, laßt uns Umfahrt halten!« Dabei sprang er schon wieder in die Barke, die ihn zu Boisots Galeere herangetragen hatte und jetzt unter schnellen Ruderschlägen zwischen den Schiffen auf und ab schoß. Hier stieg der Prinz an Bord, dort begnügte er sich, die Mannschaft aus dem Boote zu grüßen, – überall aber brauste ihm der Jubel des Willkommens und vertrauender Zuversicht entgegen.

Nur auf dem mittleren der drei Schiffe, die seitab von den anderen dem brennenden Dorfe zunächst lagen, war der laute Ausbruch der Freude alsbald wieder verstummt. Hier erwartete man den Admiral und den Prinzen nicht, auf dem vorderen Deck zeigte sich die auf und ab schreitende Schiffswache und eine einzelne, fast regungslose Gestalt, ein Mann, der in die Nacht hinaus und unverwandt nach der Richtung hinblickte, wo hinter der Flut, hinter Dämmen und Schanzen die bedrängte Stadt lag. Des Mannes Gesicht war noch finsterer als das der Genossen und zudem von zwei breiten, kaum geheilten Hiebwunden entstellt. Die Genossen, die auf dem hinteren Deck um ein Kohlenbecken saßen und über diesem ihr Mahl bereiteten, riefen den einzelnen nicht herzu, aber behielten ihn fort und fort im Auge. Sie folgten seinen Bewegungen – wenigen Schritten, mit denen er nach halben Stunden den Platz wechselte – voller Teilnahme. Und ihre Aufmerksamkeit auf ihn hinderte sie, dauernd in den Jubel einzustimmen, mit dem die Flotte die Ankunft des Statthalters begrüßte. Sie hatten nicht acht auf das, was um sie her vorging, und sprachen, ihre Stimmen dämpfend, wenn auch noch rauh und vernehmlich genug, über jenen, der starr und unbeweglich nach den spanischen Schanzen hinübersah.

»Ich fürchte,« sagte Jan von der Goos, der Steuermann vom nächstliegenden Schiffe, »wenn Erich Engelbrecht noch eine Nacht vor Leyden statt drinnen verlebt, so ist's um seine arme Seele geschehen. Schaut er doch bereits aus, als könnte er jeden Augenblick von Sinnen kommen; die Augen funkeln so wild, daß er bald seine Leute nicht mehr von den Spaniern unterscheiden wird.«

Cornelis ter Decken, der den ›Egmont‹, eines der gefürchtetsten Geusenschiffe, befehligte, fiel ihm ins Wort: »Gott weiß, er ist wilder als selbst an dem Tage, wo er zu mir an Bord kam und meine Männer ihn in den ersten Stunden fast wieder ins Meer geworfen hätten, so raste und tobte er!«

»Das war in Spanien?« fragte der Steuermann.

»Zu San Ciprian an der galicischen Küste, wo ich mit dem ›Egmont‹ auf spanische Schiffe lauerte,« erwiderte ter Decken. »Ich war den Kanal hinabgegangen und unfern der Insel Dieu auf drei Galee-ren von der spanischen Armada gestoßen. Drei waren selbst für den ›Egmont‹ zu viel und wir entgingen ihnen, indem wir südwärts hielten. An der spanischen Küste machten wir gute Beute, brannten wohl zehn papistische Kapellen aus und schreckten die Dörfer zwei Stunden landein. Vor San Ciprian ankerten wir, meine Burschen hatten vernommen, daß ein Schiff mit Wein im Städtchen erwartet werde. Am dritten Tage, wo wir dort lagen, kommt Klas Klafzoon, mein Steuermann, mit drei Männern und schwört, daß sie beim Wassereinnehmen am Strand einen Landsmann von Leyden, Erich Engelbrecht, gesehen, der vor ihrem Anblick nach der Stadt ge-flüchtet sei. Ich lachte des Märleins, denn wie kam' ein Holländer lebendig und freien Fußes nach Spanien! Aber am nächsten Tag, da ich an Bord lehne und seewärts spähe, ob sich das spanische Wein-schiff nicht zeigen will, kommt vom Hafen der Stadt her ein Kahn auf den ›Egmont‹ zugeschossen, den ein Mann zugleich steuert und rudert. Hinter ihm drein ein wohlbesetztes Boot, um so eiliger, je näher de Kahn meinem Schiffe war. Und als er mit gewaltiger Stimme in unserer Sprache mir zurief: ›Nehmt einen bedrängten Landsmann an Bord!‹ mußte ich dem Klafzoon wohl glauben, daß es der leibhaftige Engelbrecht sei. Ich wendete ein paar Kugeln dran, ihm das verfolgende Boot vom Leibe zu halten – und er klomm an Bord, wo er niederstürzte wie eine geschlagene Robbe. Er vergalt zur Stelle meinen Dienst und teilte uns mit, daß die Galee-ren von Corunna wider uns ausgelaufen wären. Wir lichteten flugs am selben Abend die Anker, suchten und fanden dann unsern Heimweg um Irland und die Orkneys, während die halbe spanische Armada auf den ›Egmont‹ im Kanal lauerte. Aber die ersten Tage war's mit dem Engelbrecht schier nicht zum Ertragen! Daß er nicht Trank noch Speise nahm, hätten ihm meine Männer wohl vergeben, aber daß er unaufhörlich tobte, wütete, lästerte, sich und die Welt verfluchte und jede Stunde frug, ob Holland in Sicht sei, ward ihnen unheimlich. Ein verwirrtes Gerede von einer Frau mit grauen Haa-ren, vom Vaterland, von Brot, dazwischen von Weibern und Teu-feln, endete Tag und Nacht nicht; wir hielten ihn für besessen. Just hatte er ausgetobt, als das Schiff zum erstenmal wieder zum Kamp-fe mit Spaniern kam. Wir stehen, wenn's ein Feindesdeck gilt, alle-samt nicht unter den schlechten Männern, aber mit Erich Engel-brecht nimmt es keiner von uns auf. Zehnmal, seit ich ihn zu San

Ciprian an Bord nahm, habe ich an seiner Seite gefochten, und ich weiß, daß niemand wie er dem Tod in die Zähne lacht.«

»Er will sterben? Er hat schwere Schuld auf der Seele?« fragte Jan von der Goos zögernd und mit einem scheuen Blick nach dem Vorderdeck.

»Das letzte mag sein,« entgegnete der Kapitän des ›Egmont‹ leiser, »aber doch sucht er den Tod nicht. Als wir in Medemblick einliefen, war das erste, was wir vernahmen, daß Leyden belagert sei, daß der Statthalter das Land überschwemmen lasse und uns mit der Flotte zum Entsatz schicken werde. Da wandelte sich Erich Engelbrecht um, raste und lästerte nicht weiter, sondern ward stummer als die Flut. Im Kampfe vor Brill nahm er das Schiff, das er jetzt führt, taufte es ›Der verlorene Sohn‹, und harrt nun mit uns seit Wochen, daß uns das Wasser bis vor Leyden tragen soll. Mit Lebensmitteln ist kein Schiff wie dieses gefüllt, und der Engelbrecht wacht über ihnen, als wären es Schätze, für die er die Erde kaufen könnte. Gleich der Flut fällt und steigt seine Seele, jeder verlorene Tag macht ihn finsterer und wilder, bei jeder Kunde von der Not in Leyden wird er zorniger, jede Sturmflut, die uns vorwärts kommen läßt, hellt sein Gesicht auf! Seit gestern aber, wo uns die Dämme nochmals hemmen, wo die Brieftauben die Meldung bringen, daß in der Stadt kein Bissen Brotes mehr vorhanden ist, schaut er Tag und Nacht nach Leyden hinüber, wie ihr ihn dort seht.«

»Was ist's mit ihm? Wußte Klas Klafzoon, sein Landsmann, nichts davon zu sagen?« drangen einige Hörer in Cornelis ter Decken.

Der Führer des ›Egmont‹ war im Begriff, verneinend zu antworten, als plötzlich der Mann, dem all diese Fragen und Reden galten, seinen Platz auf dem vorderen Deck verließ und in den Kreis um das Kohlenbecken trat. Seine blauen Augen blitzten die Männer so herausfordernd an, daß die seines eigenen Schiffes betroffen zur Seite wichen; dann sagte er, sich neben ter Decken niederwerfend:

»Klafzoon weiß nichts, aber Erich Engelbrecht kann euch selbst sagen, was ihr gerne hören wollt. Es ziemt den Geusen wenig, wie alte Weiber einen Rocken abzuhaspeln; doch mögt ihr recht haben, daß ihr mir nicht traut und euch fragt, ob Gottes, ob Satans Geist mich treibe. Ihr alle sucht hinter den Dämmen dort nur die Stadt und die verschmachtenden Landsleute, die euch für Befreiung und

Labung preisen werden. Ich sehe nicht Stadt noch Bürger, ich suche ein Weib mit weißen Haaren und Kummerfalten auf der Stirn, ein altes Weib, das hungert, und das letzte Brot, dessen sie vor dem Grabe bedarf, vielleicht aus meiner Hand nimmt, vielleicht, – obschon sie einmal geschworen hat, nie wieder einen Bissen mit ihrem verlorenen Sohne zu brechen.«

»Deine Mutter lebt in Leyden?« fragte der Steuermann.

»Gott geb' es, daß sie lebt!« rief Erich Engelbrecht. »Wir waren alle in Leyden angesessen, auch vor der Not, die über die Provinzen kam, wohlangesehen und nicht arm. Mein Vater Ludwig gehörte zum Rat der Stadt, unter den Augen des Trefflichen ward ich zwanzig Jahr alt. Da sandte er mich nach Deutschland, die Heilkunst zu lernen, und ich saß in Heidelberg und Erfurt zu den Füßen berühmter Lehrer, ich zechte und schwärmte mit frohen Genossen, während daheim Albas Heer das Land überzog und Freiheit und Leben der Provinzen unter seine Füße trat. Auch Ludwig Engelbrecht, mein Vater, mußte den schweren Gang vor den Blutrat tun, hinter dem es nur noch einen, den zum Galgen, gab. Er starb auf dem Markt von Brüssel, wie tausend Männer vor ihm, tausend nach ihm. Über ein Jahr hatte ich in Deutschland nichts von daheim vernommen, die Kunde von seinem Tode war die erste, die mir zuteil wurde.«

»Preise Gott, daß du nicht daheim warst,« fiel ihm finster der Führer des ›Egmont‹ in die Rede. »Es haben mehr Söhne in den Niederlanden auf Albas Befehl am Blocke ihres Vaters stehen müssen, und ich wenigstens weiß, warum kein Spanier am Leben bleibt, zwischen dem und diesem Messer nur mein Wille liegt.«

»Ich preise Gott nicht, – ich wollte, der Herzog hätte mich gezwungen, meines Vaters Tod zu schauen,« fuhr Erich Engelbrecht auf. »Weil ich nicht daheim war, weil ich mich in der Fremde ausweinte, erst kam, nachdem schon zwei Jahre vorüber waren, nur darum habe ich nicht zu den ersten gehört, die auf die Geusenschiffe stiegen. Wohl tobte ich, schwur Rache und wollte unter Ludwig Nassaus Fahnen treten, als er von Deutschland nach den Provinzen zog. Aber der rechte Zorn, der nur atmet, nur ißt und trinkt, weil er Zeit zur Vergeltung braucht, ward nicht lebendig in mir. Ich mußte friedlich heimkehren, Mutter und Schwestern saßen bettelarm zu

Leyden, – natürlich hatte der Blutrat all unser Gut für den frommen König Philipp eingezogen und Ludwig Engelbrecht nur sterben müssen, weil sie einen Schrein mit harten Talern in seinem Besitz wußten. Jetzt war's an mir, für die Darbenden zu sorgen; ich übte meine Kunst und erwarb eben so viel, daß sie nicht bittre Not litten. Meine Schwestern wurden trotz des Elends der Zeit von denen heimgeführt, mit denen sie versprochen waren, bald lebte ich mit der Mutter allein. Sie war gebrochen seit des Vaters Tod, kaum setzte sie ihren Fuß aus dem verödeten Hause. Doch so finster sie auch vor sich hinblickte: jeden Abend, wenn ich heimkam, das frische Brot, das ich unter dem Mantel trug, hervorzog, in zwei Hälften brach und mit ihr teilte, – jeden Abend kehrte ein dankbares Lächeln auf ihr liebes Gesicht zurück. Werdet nicht ungeduldig, – wenn ihr erst einmal Nacht um euch habt, lernt ihr auch, wie die Kinder, vom letzten Sonnenstrahl reden. Unsere Tage in dem kleinen Hause am Ryn, vor dem Gras wuchs und das keines Menschen Fuß betrat, verflossen nicht heiter, doch wir waren so glücklich, als in dieser bösen Zeit irgendwer in Holland sein konnte. Hoffnung für das Land schien nirgends – und ich zwang mich, an nichts zu denken, als an meinen Beruf und die alte Frau, deren Stütze ich war.

»Das ging, solange es gehen konnte, und wenn es je Heilige gegeben hat, so zählte gewiß keiner unter ihnen erst fünfundzwanzig Jahre! Bald sah ich mehr nach den Mädchen von Leyden als nach meinen Büchern und Kräutern; die Mutter merkte es, daß ich manchen Abend spät heimkam und oft nach dem Imbiß noch einen Gang den Ryn hinab tat. Sie ward darum nicht finsterer, ja, die Hoffnung, bald wieder eine Tochter im Haus zu haben, glättete mehr als eine Falte auf ihrem Gesicht. Sie nickte mir jetzt zu, wenn ich abends unser Brot teilte, und sagte wohl: »Erich, bald wirst du dreimal teilen müssen und trägst es nicht selbst mehr unterm Mantel heim!' Hätte sie damals schon gewußt, welchen Weg ich am liebsten nahm, so hätte sie nicht so gesprochen, und noch heute weiß ich nicht, wie ich ihre hoffenden Worte je anhören konnte, ohne in Scham zu erglühen. Es lag damals eine kleine Schar spanischer Musketiere von Julian Romeros Brigade zu Leyden im Quartier. Ich war, wie wir alle, den spanischen Teufeln auf Schritt und Tritt ausgewichen, – zwar fühlte ich nicht den rechten Haß, den ich heute hege, gegen sie, aber mir hätte doch gegraut, einem die Hand zu reichen oder Becher an Becher mit ihm zu sitzen. Da wollt' es der Satan, daß ich bei der Obermühle, wo der Kapitän Alfuente hauste, während ich ausging, die schöne Müllerstochter zu grüßen, eines andern Mädchens ansichtig wurde, in dem ich freilich die Spanierin zur Stelle erkannte, deren schöne Augen mich aber zwangen, ihr näher zu kommen. Sie blickte nicht nach mir hin, sie sah in den Strom, der matt zu ihren Füßen schlich, und ich konnte sie unbemerkt belauschen. Schön war sie, wie kaum ein Mädchen in den Provinzen, das sag' ich noch heute, obschon ich ihr wahres Gesicht seither schauen mußte. Aber damals, als ich sie zuerst sah, schienen mir ihre Züge voll Milde, und mich trieb's hin zu ihr, um auch ihre Stimme zu vernehmen. Ich redete sie an, sie verstand unsere Sprache ein wenig, und ich sah, wie ihr Gesicht bei meinen Worten froh aufleuchtete. Sie sagte sogleich: ›Ich danke Euch für Euren Gruß, er tut wohl, hier, wo niemand von Eurem Volke mit uns spricht!‹ Und in dem Augenblicke vergaß ich den Herzog, den Blutrat und alles, und dachte nur mit Scham daran, daß ich stets vom Wein aufgestanden war, wenn ein Spanier in die Schenke trat.

»Manuelita hieß sie, war Kapitän Alfuentes Tochter, hatte in Leyden ihre Mutter verloren, und fühlte sich fremd und verlassen genug, mir zum Abschied zu sagen: ›Laßt Euch wieder sehen!‹ Und ich – kam heute, kam morgen, kam alle Tage, zählte die Stunden, bis die siebente schlug, ich brach an unserm Abendtische das Brot mit Hast, und aß es voll Ungeduld, während die Mutter heimlich schlau lächelte. Die dunkeläugige Spanierin ward mein Sinnen und Trachten, sie bestrickte mich so, daß ich bald vergaß, über welches Pflaster ich schritt und auf welchen Fluß wir blickten, sie entrückte mich allem, was nur sonst lieb war! Nach ihren ersten Küssen war ich nicht mehr derselbe Mann wie zuvor. Sonst hätte ich keinen Schatten im Antlitz meiner Mutter sehen können, ohne daß mir das Herz schwer ward, und jetzt saß ich leichten Mutes bei ihr, ließ sie von einem Töchterlein aus der Rynmühle träumen, und lechzte indes nach den Lippen Manuelitas. Ob diese mich je geliebt hat, weiß ich euch nicht zu sagen, aber ich sollte es denken, wenn ich mich erinnere, vor wie stattlichen Landsleuten, die bei ihres Vaters Fahne standen, sie mir den Vorzug gab. Wie ich sie geliebt, möget ihr an dem Ende ermessen, das es mit meinen Leydener Tagen nahm.

»Nie erfuhr ich, wer meiner Mutter zuerst die Kunde gebracht, warum ich allabendlich zur Rynmühle eilte und wen ich dort in meine Arme schloß. Vielleicht schalt bereits ganz Leyden über mich, ehe der alten Frau ein Wort zu Ohren kam. Aber eines Abends, da ich heimkehrte und ihr am Tisch gegenüber saß, nahm ich wahr, daß sie nicht mehr lächelte, sondern daß schwere Tropfen über ihr Gesicht rollten und daß sie mir finster nachsah, als ich, ihren Tränen zum Trotz, den Hut in die Stirn drückte und davonstürmte. Und just an diesem Abende mußte Manuelita zärtlicher, heißer, selbstvergessener als zuvor sein, an dem Abend wußte sie mir den Eid abzuküssen, daß ich sie nie und nimmer verlassen wolle. Ich schwur, während mir vor Augen stand, daß der Mann einer Spanierin von seinen Mitbürgern gemieden sein würde, daß ich das Mädchen nie in meines Vaters Haus führen könne. Ich sah es vor mir, daß ich zuletzt an ihrer Seite aus dem Lande wandern müsse, und ich schwur dennoch! Daß die Entscheidung so nahe sei, ahnte ich nicht, ja, ich wähnte, wie jeder in seinen Freveln, daß sich eine Hand vom Himmel strecken werde, das Geschick zu wenden, das der Mensch sich selbst bereitet.

»Am nächsten Tage flog durch Leyden die Nachricht, daß ihr gesiegt hättet, daß Brill von den Wassergeusen genommen sei. Alle Herzen in Holland pochten ungestüm bei dieser Kunde. Zum erstenmal seit vier entsetzlichen, trostlosen Jahren erwachte die Hoffnung, daß es noch Freiheit und Rettung geben könnte. Mit kaum verhaltenem Jubel sahen die Bürger Hauptmann Alfuentes Fähnlein aufbrechen, das Brill wiedererobern helfen sollte. Noch marschierten die Dränger trotzig genug durch die Gassen von Leyden, aber sie lasen schon auf allen Gesichtern, daß ihnen niemand mehr von den Provinzen als ein Grab im Dünensande oder im Meere gönnte. Niemand außer mir! Ich zitterte jetzt nicht, wie alle andern, um das Schicksal von Holland, sondern um das von Manuelita. Als ich diesen Abend in den Flur trat, fand ich die Mutter meiner harrend, sie rief mir auf der Schwelle entgegen, ob ich gehört, daß auch Enkhuyzen sich für Oranien erhoben habe, daß die Spanier im ganzen Lande vertrieben werden sollten? Ich horchte auf und trat betroffen vor den blitzenden Augen der alten Frau zurück. ›Ende das schnöde Spiel, Erich, es wird Zeit, – zieht dich's nicht zu den Geusen?‹ Ich schüttelte den Kopf und wir saßen uns am Tische stumm gegenüber. Als ich mich zum Gehen erhob, klang mir aus dem Munde der Mutter nach: ›Es kann dein Ernst nicht sein, Erich, du wirst nimmer vergessen, wo ich dich geboren habe und wie dein Vater gestorben ist!‹

»Die Mahnung an den Tod meines Vaters schnitt mir durch die Seele, und doch zog's mich zu Manuelita. Diese fand ich in tiefer Bestürzung: der plötzliche Marschbefehl, den ihr Vater erhalten, die feindlichen Blicke ringsum hatten ihr heiße Tränen entlockt, und sie bat flehentlich, meiner Liebe nicht zu vergessen. Vielleicht sind Leute unter euch, die solchen Bitten eines Weibes widerstanden hätten – aber ich gelobte ihr, was sie begehrte, und als ich mich in der Nacht endlich losriß, als ich heimschritt, verfluchte ich die Erhebung meines Volkes und den Krieg, der mein Glück zu stören drohte! – Laßt mich kurz sein über diese Tage. Mit jedem neuen Morgenlicht kam eine neue Kunde von Aufstand und Sieg, mit jedem Tag schaute die Mutter strenger, prüfender in mein Gesicht, mit jedem Abend ward ihr Blick verächtlicher, schien sie mehr und mehr zu zögern, ob sie das Nachtmahl mit mir teilen solle. Ich aber verschloß mein Ohr vor allen Mahnungen, die ertönten, ich hörte nur die Manuelitas, die sich an mich hielt, wie an den Balken, der im Schiffbruch die Rettung verbürgt, und den ihr mit dem Fuße hinwegstoßt, nachdem ihr ihn erst mit Armen umklammert habt!

»Auch Leyden erhob sich endlich und vertrieb die wenigen Beamten Albas, die noch zurückgeblieben waren. Am Tage, wo vom Rathause Oranien zum Statthalter ausgerufen wurde, verließ meine Mutter das Haus und zog mit dem strömenden Volkshaufen zum Markt. Gewiß trieb sie die Hoffnung dahin, ihren Erich, trotz allem, unter den Männern zu erblicken, die zu den Waffen gegriffen hatten. Doch der Sohn weilte indessen bei Manuelita, ließ die Tränen seiner Mutter fließen und bemühte sich, die zu trocknen, die das spanische Mädchen über Hauptmann Alfuentes Fall weinte. Von Brill war die Todespost an eben dem Morgen angelangt, wo die Leydener ein Herz faßten, und war mir schon zuvor ihr Trachten gleichgültig, ja verhaßt gewesen, so brachte mich an diesem Morgen der tosende Jubel in den Straßen, während ich die Liebste in ihrer Kammer klagend und weinend fand, schier zur Wut. Warum sollte unsere Liebe unter den bösen Tagen leiden, an denen nicht ich, nicht Manuelita Schuld trug? So sagte ich ihr und mir, und sie mit plötzlichem Entschluß rief mir zu: ›Laß uns aus diesem Lande, das nur Blut trinkt, entfliehen. Ich habe ein kleines mütterliches Erbe zu San Ciprian in Spanien, dort werden wir glücklich sein, und das Meer wird zwischen uns und diesem Unglücksboden rollen!‹ – ›Und meine Mutter?‹« frug ich. ›Gib ihr alles, was du hast; laß deine Sippen für sie sorgen – aber komm mit mir. Habe ich nicht auch Vater und Mutter verloren? Bleibt mir mehr, als dir?‹ Halb in Küssen, halb in Tränen erstickte sie jedes Wort, was ich noch zu sagen gedachte, nur mein Versprechen: ›Sei es, wie du willst – ich folge dir durch die Welt!‹ durfte über meine Lippen gleiten. Ich blieb bei ihr den ganzen langen Frühlingstag, über dem Ryn strahlte die Sonne, aus dem Garten der Mühle lachte mir frisches Grün entgegen, aber als mir durch den Sinn flog, daß ich dies alles bald nicht mehr und nie wieder sehen würde, preßte ich Manuelita nur heftiger in meine Arme. Wir kamen überein, daß ich meine Angelegenheiten in nächster Woche ordnen, dann heimlich mit Manuelita nach der nächsten, von den Spaniern noch besetzten Hafenstadt abreisen sollte. Ich schritt diesen Abend meinem Hause zu – Gott vergebe mir's heut und in Ewigkeit – als hätte ich einem tyranni-

schen Herrn zu trotzen, nicht als gälte es einer alten Mutter das
Herz zu brechen. Ich trat ein und war nicht zu sehr betroffen, sie
bitter weinend zu finden, hatte ich doch sie und mich seit guter Zeit
daran gewöhnt. Sie forschte nicht, wo ich gewesen war, sondern
sagte mit halb erstickter Stimme: ›Die Waffen, die dein Vater getragen, sind dir zu schwer, mein Sohn? Ich sah dich am Rathause nicht
mit ihnen.‹ – ›Es wäre uns allen besser, wir dächten nicht an Waffen
und hätten nie daran gedacht,‹ gab ich gereizt zur Antwort. Dies
gesagt, glaubte ich einen Blitz aus den Augen meiner Mutter zucken
zu sehen, mindestens wurden sie trocken und blieben starr auf mich
gerichtet. ›Damit du eine spanische Dirne herzen und ungescheut
mit ihr buhlen könnest, möchte das Land unter den Füßen der Spanier zertreten werden?‹ sagte sie kalt. ›Wer gibt Euch ein Recht, so
verächtlich von meiner Liebsten zu reden?‹ fuhr ich auf. ›Liebste?‹
fragte die alte Frau höhnisch zurück. ›Nennst du das Liebe, wenn
du dich an ein Weib hängst, vor der du geflohen sein würdest bis
ans Ende der Welt – wenn du ein Herz hättest? Kannst du vergessen, daß sie aus dem Volke stammt, zwischen dem und uns ein
Strom unschuldig vergossenen Blutes fließt? Vergessen, daß bei
deines Vaters Todesgang Hauptmann Alfuente die Trommel rühren
ließ, – so frag' ich dich nur, ob du meinst, daß dies Mädchen dich
liebt, wie ein Weib den Mann lieben soll! Hat sie den Segen deiner
Mutter begehrt, hat sie je verlangt, daß du sie in dein Haus führst?
Erich, ich sage dir, wo ein Mann liebt und geliebt wird, da wachsen
alle guten Kräfte in ihm, da rafft er sich empor, selbst aus der
Schande! Du aber versinkst darin, du vergissest, was dir obliegt,
hörst den Ruf deines Landes und die Mahnung aus dem Grabe des
Vaters nicht, du spottest meiner, und das nennst du Liebe!‹ Ich
ward verwirrt, im Gewissen fühlte ich die Wahrheit jedes Wortes,
aber trotzig sagte ich: Mein Weib soll Manuelita werden, deinen
Segen erbitte ich. Nur in dies Haus könnt' ich sie nicht führen, selbst
wenn sie es möchte, Haß und Mißtrauen würden sie auf der
Schwelle belauern. Wozu sollten wir hier bleiben? Die Welt ist weit,
und in diesem Lande steht ohnehin kein Glück mehr zu hoffen!«

»Niemals vergess' ich den Augenblick, wo diese Worte aus meinem Munde kamen! Ich saß der Mutter gegenüber, und während
ich mit den Lippen frevelte, brachen meine Hände das Brot, das wir
bis zu diesem Tage treu geteilt hatten. Da sprang sie auf einmal

empor, stieß den Schemel um, auf dem sie gesessen hatte, schleuderte das Brot zur Erde, und stieß mich, als ich ihr nahekam, mit zitternden Händen hinweg. ›Ich sehe, was du mit deiner Liebe geworden bist!‹ rief sie. ›Ein Sohn, der den Tod seines Vaters ungerächt läßt, ein Mann, der in dieser Zeit, wo Weiber und Kinder von Krieg träumen, an Glück denkt! Hebe dich weg, Erich! Ich schwör's zu Gott, daß diese Hand so wenig wieder einen Bissen aus der deinen nehmen, als dir den Segen zur Sünde geben soll! Tue, was du nicht lassen kannst; wer Vater und Vaterland seiner Lust opfert, gibt auch noch die Mutter drein.‹ Und während ich keines Wortes mächtig stand, wendete sie ihren Blick von mir hinweg, eilte aus dem Flur und schloß die Tür des Gemachs, in das sie vor mir flüchtete. Ich habe ihr Gesicht nicht wieder erblickt, und sie steht vor meinen Augen, wie sie das Brot, das ihr meine Hand reichte, zur Erde warf und den Fluch über mich sprach!

»Während er noch in meinem Ohre klang, fühlt' ich's nicht, daß er verdient sei. Grollend und rasch entschlossen eilte ich aus dem Vaterhause und stürmte zu Manuelita, die erstaunt war, mich noch an diesem Abend wiederzusehen, und die ich gefaßter fand, als ich nach dem Schmerz, in dem ich sie verlassen hatte, denken durfte. Jetzt war's an ihr, mich zu trösten, und sie tat es mit Liebesworten und schnellem Entschluß. Was ich an Gold und Geld besaß – wenig genug – schaffte ich herzu, auch Kapitän Alfuentes Hinterlassenschaft war schnell zusammenzuraffen. Ich weiß noch heute nicht, ob es nur die Furcht vor den Leydenern war, die das Mädchen trieb und drängte, oder ob sie fürchtete, daß bei mir, wenn die erste Erregung vorüber, das Gewissen erwachen würde. Sie war mir jetzt alles, und ich sah in dieser und mancher folgenden Nacht nur sie, – kaum im Traum schreckte mich der Anblick der armen, alten, zürnenden Frau! Wir schlugen den Weg nach Süden ein, in Brabant und Flandern waren die Spanier noch Herren. Bevor wir zum Hafen von Antwerpen kamen, hatte Manuelita, mit der mich ein Feldpater im ersten spanischen Lager traute, ihre alte Munterkeit wieder erlangt. Hörte ich sie doch mit ihrem Vetter, einem Fähndrich Alonzo, über den Tod ihres Vaters und noch mehr darüber scherzen, wie sie einen Holländer davor bewahre, Ketzer und Rebell zu werden. Als ich solchen Ton vernahm und dazu das Augenspiel mit Alonzo sah, überkam mich plötzliche Furcht; in meiner Seele wachten die drohenden Worte der alten Mutter auf, aber noch ehe wir ins Schiff stiegen, hatten ihre Lippen alle Furcht hinweggeküßt, und ich fuhr als ein Glücklicher mit ihr nach Spanien.

»Mancher von euch ist zur Walfischjagd mit ins Nordmeer gefahren. Hat keiner dort Schiffbruch erlebt, ist keinem da begegnet, was ich aus dem Munde so vieler gehört habe? Wenn ein Fahrzeug nach wochenlangem Kampf mit dem Eise zerschellt, die Mannschaft in die Tiefe versinkt, da soll es vorkommen, daß einer und der andere sich auf eine Scholle rettet und auf ihr wie auf einem Boote im Meere dahintreibt. Aber die Kälte, das flimmernde Eis, die roten Nordlichter und die Sonne um Mitternacht verwirren ihm Seele und Sinne: er meint zwischen Gärten und Wiesen zu fahren, er lacht, er jauchzt, er singt die Lieder seiner Jugend, wähnt sich selig tage- und nächtelang, bis er aus seinem Fieber erwacht, und die Eisberge und das kalte wüste Meer um sich steht. Wer das erlebt hätte, dem braucht' ich nicht zu sagen, wie mir's erging und was ich erfuhr! Wir kamen nach San Ciprian, wo Manuelita ein Häuschen mit Garten und Weinberg hart am Hafen besaß. Die kleine spanische Stadt, am Meer zwischen hohen Bergen gelegen, würde mir besser behagt haben, wenn ich nicht verwunderten, wenig freundlichen Blicken auf jedem Schritt begegnet wäre. Ich sah die Spanier niemals ihr Mißtrauen, kaum ihre hochmütige Verachtung gegen unser Volk verbergen. Noch vergaß und verschmerzte ich alles, wenn ich bei meinem Weibe war und sie liebreich um ihren lieben Holländer waltete. Noch träumt' ich von Glück – aber schon wallte mein niederländisch Blut empor, wenn ich die Männer von San Ciprian über König Philipps Krieg mit den ketzerischen Abtrünnigen sprechen und uns tausendfach zur Hölle hinabfluchen hörte. Schon hatte ich Tage, wo ich über das Meer hinblickte, ob kein Geusenschiff Jagd auf spanische Gallionen mache! Was mir daheim am Ryn und zwischen den Gassen von Leyden so gleichgültig erschienen war, begann nun an meiner Seele zu nagen. Und bald mocht' ich tun, was ich wollte, ich sah die Mutter vor mir und hörte ihre letzten Worte; nur in Manuelitas Arm verschwand, was mich peinigte; wenn ich an ihrem Munde hing, vergaß ich noch immer Heimat und Welt! Eben darum empfand ich's sofort, als ihre Lippen meinen Kuß minder heiß erwiderten, ihre Augen minder hell glänzten. Was kümmerte sie auch das Weh, das an meinem Herzen nagte, was die

Reue, die mich nachts emporschreckte! Aber sie sah mich oft miß-
mutig, finster, unhold, und wenn sie mich je geliebt hatte, so ver-
kehrte sich nun ihre Glut in Kälte, ihre Hingebung in Widerwillen.
Nicht an einem Tage, nicht so, daß ich's schon gewußt hätte, als
ich's zu fürchten begann. Leise und schweigend zog die Gewißheit,
Manuelita sei meiner satt und überdrüssig, mir in die Seele, und
nun erst fand ich mich elend, wie ich's verdient hatte. Die verlasse-
ne, verratene Heimat trat mir allstündlich vor Augen, ein brennen-
des Verlangen erfaßte mich, die Mutter wiederzusehen, den Fluch
abzuwenden, der auf meinem Haupt ruht. Manuelita dachte nicht
mehr daran, solche Gedanken hinwegzuschmeicheln, ich mochte
mich jetzt mit ihnen aufs Lager strecken, mit ihnen erwachen, sie
blieb teilnahmlos. Und als Vetter Alonzo, der Fähndrich, in San
Ciprian erschien, wußte ich bald genug, daß er meine Stelle in ihrem Herzen einnahm. War er zugegen, so sah ich wieder die la-
chende, lockende Manuelita, sah wieder den Sonnenschein auf ihrem Gesicht, der mir sonst heller schien, als jener, der über der
blauen Bai vor unsern Fenstern glänzte. Und wenn ich jetzt bedach-
te, was ich meinem Weibe geopfert, um ihretwillen hinter mich
geworfen hatte, und nahm die verstohlenen Blicke wahr, die mit
Alonzo getauscht wurden, die Blicke, die deutlich genug sprachen:
›Wie traurig, daß der Holländer zwischen uns steht,‹ so erfaßte
mich trotzige Wut. Seit mich dieser Verdacht quälte, verließ mich
selbst die Sehnsucht nach daheim, ich nahm's für mein vorbestimm-
tes Schicksal, ein fremdes Weib zu freien und dann argwöhnisch
über sie zu wachen. Fahrt nicht ungeduldig empor; weil es anders
ward, darf ich sagen, wie es sonst war. Ich weiß nur zu wohl, daß in
den letzten Tagen, die ich in Spanien verlebt, Manuelita noch einmal meine ganze Seele erfüllte, nur daß Eifersucht und Zorn an die
Stelle der Liebe getreten waren. Der ›Egmont‹ kreuzte eben vor dem
Hafen von San Ciprian, und ich dachte nicht an die Heimkehr, um
die ich zuvor gebetet hatte. Tag und Nacht prüfte ich jeden Schritt,
den Alonzo zu meinem Weibe tat, fest entschlossen, die Schmach,
die sie mir sannen, nicht zu erdulden. Ich fürchtete nur ihre Untreue, nichts mehr, nichts weniger. Und als ich endlich an einem
Mittag, wo ich, das Haus verließ, mich aber wachsam in der Nähe
hielt, Alonzo Alfuente meine Schwelle betreten sah, als ich bereit
stand, beide zu überraschen, ward ich selbst durch ihren unerwarte-
ten Austritt aus dem Hause betroffen. Noch folgte ich dem Paare

nach, überzeugt, daß sie eine Stätte für ihre buhlerische Liebe suchten. Noch lag meine Hand am Schwertgriff, ich meinte, gegen Alonzo ziehen zu müssen, und schritt, zitternd vor Erwartung, bei welcher Kupplerin sie sich bergen würden, hinter beiden drein. Aber als ich sie eine gewisse Straße von San Ciprian betreten sah, überkam mich plötzlich ein anderer Verdacht, der mich wie ein eisiger Hauch durchschauerte und mich augenblicklich stille stehen hieß. In dieser Straße wohnte Fray Sebastiano, ein Dominikanermönch, der Beauftragte der heiligen Inquisition. Von der Furcht erfaßt, daß Manuelita samt ihrem Vetter über dessen Schwelle treten könne, blickte ich ihnen unbeweglich nach. Sie blieben vor der Tür des Mönchs stehen, mein Weib schien einen Augenblick zu zögern und umkehren zu wollen. Ich sah den Fähndrich eifrig zu ihr sprechen, sie bei der Hand fassen und an die Tür pochen, ich sah beide in der geöffneten verschwinden. Was in mir in jener Stunde vorging, will ich euch und mir erlassen! Ich zweifelte nicht einen Augenblick, daß Manuelita und Alonzo mich vor dem höllischen Tribunal, das sie dort das heilige Amt taufen, als Ketzer anklagen würden. Ich wußte, daß mir ein Kerker und danach der Scheiterhaufen gewiß sei, auch hatte ich, seit ich in Spanien lebte, schon erfahren, wie blitzschnell das heilige Amt seine Opfer zu ergreifen pflegte, und wieviel hundert Arme ihm in jeder Stunde zu Gebot waren. Und dennoch dachte ich kaum an Rettung durch das Schiff, das vor dem Hafen auf der See schaukelte. Dennoch wollte ich bleiben und schwur, Manuelita und ihren Buhlen den Preis der nichtswürdigen Tat nicht erwerben zu lassen. Ich dachte Alonzo niederzustoßen, mochte mir dann das Ärgste geschehen. Aber das Paar trat nicht allein wieder aus dem Hause, sie erschienen im Geleit des Fray Sebastiano, der lächelnd und mit sichtlichem Eifer an ihrer Seite schritt. Zur Stelle rief er zwei, drei Bürger an, die eben die Straße daherkamen, und jetzt waren Manuelita und der Fähndrich von so vielen umgeben, daß ich darauf verzichten mußte, die Nichtswürdigen zu treffen! Hinter Häusern und Hecken verborgen folgte ich der Schar, sie schlug den Weg zum Hafen ein. Woran ich noch nicht gedacht hatte, das befürchtete der Mönch: er eilte, mir jeden Weg zur Flucht und Rettung abzuschneiden, und Manuelita, um deretwillen ich am Heiligsten gefrevelt hatte, war an seiner Seite! So überwältigt von Schmerz und Groll war ich noch nicht, daß nicht sofort, als ich den Vorsatz Fray Sebastianos begriff, der

Wunsch nach Rettung in mir aufgestiegen wäre. Auf raschen Füßen, den Mönch samt seiner Begleitung weit hinter mir lassend, erreichte ich den Hafen. In den ersten Kahn sprang ich, löste Kette und Ruder, legte ein und befahl mich der Gnade Gottes! Ich kam fast bis zum Ausgang, ehe Fray Sebastiano, Manuelita und Alonzo des Hafens und meiner ansichtig wurden. Der Dominikaner schrie laut auf, als er mich auf dem Wasser erblickte, Manuelita rief meinen Namen, es war der letzte Laut, den der Wind vom Lande zu mir trug. Auf einen Wink sah ich Alonzo, und ihm nach wohl ein Dutzend Männer, in ein Boot springen, sah am Hafendamm die halbe Stadt zusammenströmen. Die Verfolger rührten zehn Ruder zugleich, ich hatte nur eines – weit draußen lag der ›Egmont‹, und kürzer und kürzer ward der Vorsprung, den ich gewonnen hatte! Doch raffte ich unverzagt die letzten Kräfte zusammen, – wenn der Fluch der Mutter an mir erfüllt werden muß, so sollte es nicht durch das Weib sein, um das ich ihn auf mich nahm. Cornelis ter Decken hat euch gesagt, wie' ich zu ihm an Bord kam, und ich meine, ihr wißt nun, warum ich wie von Sinnen zwischen den Männern stand, die für ihre Heimat gekämpft hatten, derweil ich kosend und buhlend im Lande des Todfeindes saß, zwischen Männern, deren Hand die Provinzen segnen, während die meine so verachtet ist, daß eine alte Mutter kein Stück Brot mehr aus ihr nehmen mochte!«

»Du hast deine Hand seitdem wohl gebraucht, es ist kein besserer unter uns,« unterbrach Jan van der Goos den Erzählenden, dessen Ton immer grollender und schmerzlicher geworden war.

»Meint Ihr?« rief Erich Engelbrecht emporspringend. »Ich muß es erfahren, bevor ich glauben kann, daß meine Sünde gebüßt ist. Ihr wißt, wie es in Leyden steht – und nur darum hoffe ich! Sie hungern alle drinnen – auch die alte Frau wird hungern, wird nach Brot verlangen und vielleicht der Tage gedenken, wo ihr Sohn mit ihr teilte. Und wenn ich ihr nahe, in der einen Hand das Schwert, das ich im Kampfe geführt, in der andern die Labung, nach der sie lechzt: denkt Ihr nicht, daß sie ihren Schwur vergessen und, wie dereinst, nehmen wird, was ich ihr biete? Das hoffe ich, darum lebe ich, und hier liegen wir und kommen nicht vorwärts. Aber länger trag' ich's nicht, ich will der erste in Leyden sein und sollt' ich auch der letzte werden, der bleibt!«

»Verlaßt Euch darauf, Ihr sollt der erste sein! sagte hier plötzlich eine Stimme, bei deren Klang der dicht um Erich Engelbrecht geschlossene Kreis sich weit öffnete. Wilhelm von Oranien, der mit seinen Begleitern, von allen unbemerkt, dem Schiffe näher gekommen war und dasselbe bestiegen hatte, stand schon längst hinter der Gruppe der Geusen, hatte mit einem Wink Schweigen geboten und die Erzählung des Leydeners mehr als halb vernommen. Jetzt, als er sprach und gegen Erich und ter Decken vorschritt, brachen die Männer vom ›Egmont‹ und vom ›Verlornen Sohn‹ in den betäubenden Jubel aus, der den Prinzen rings auf der Flotte begrüßt hatte. Erfüllt von einem Gedanken, achtete er kaum auf die Jauchzenden und streckte Erich Engelbrecht seine Rechte entgegen.

»Schlagt ein, Herr Engelbrecht!« fuhr er fort. »Ich habe ein Wörtlein von Eurer Geschichte vernommen, ich muß Euch loben, daß Ihr Verlangen tragt, allen voran in Leyden einzuziehen. Nur den Lammer Damm und den Durchbruch gilt es noch; wollt Ihr dort im Kampf morgen voranstehen, so wird Euch nichts hindern, mit Eurem Schiffe der erste in der bedrängten Stadt zu sein. Ihr seid nicht der Mann, ein paar spanische Kugeln und Schwerthiebe zu scheuen – wollt Ihr?«

»Ob ich will!« rief der Gefragte. »Nennt mich einen Hund, wenn mich dies Wasser lebend zurückträgt, bevor ich den Lammer Damm überstiegen. Gebt Befehl, erlauchter Herr, daß von meinem Schiffe, sobald der Morgen graut, der erste Schuß fallen darf, und ich steh' Euch für den Damm und den Durchbruch!«

»Sei es, wie Ihr sagt,« entgegnete der Oranier. »Gute Nacht, ihr Männer, und bessern Tag morgens! So Gott will, gehen unsere Brüder in Leyden heute zum letztenmal hungrig schlafen – auch Eure Mutter, Erich Engelbrecht! Kommt, Boisot, ich muß noch zur Nacht wieder gen Delft!«

Freundlich grüßend, noch einen festen, vielbedeutenden Blick auf Engelbrecht zurückwerfend, sprang der Prinz vom Deck des ›Verlornen Sohnes‹ in seine Barke und nahm den Weg zum Schiffe Boisots. Der Geusenadmiral gab, ihm folgend, kurze Befehle; nach ihm und dem Prinzen verließen auch die Männer des ›Egmont‹ das Fahrzeug. Erich aber schritt wieder zu seinem alten Platz auf dem Vorderdeck und schaute, wie zuvor, unverwandt nach Ost, wo

Leyden lag und die ersten Schimmer des Tages aufdämmern muß-
ten.

Wilhelm von Oranien und seine Begleiter blieben schweigend, solange der Klang ihrer Stimmen auf den Schiffen noch hörbar sein konnte. Als dann die Barke weiter zwischen Baumwipfeln und Dächern hinglitt, holte der Prinz tief Atem und sagte zu Boisot: »Es hat sich wohl gefügt, daß wir den rechten, den besten Mann trafen. Ich fasse Mut, daß der Durchbruch gelingt, denn auf der ganzen Flotte mag es keinen zweiten geben, dessen Leben und Hoffen nur hinter den Wällen der Stadt liegt.«

Der Admiral und ein zweiter Begleiter des Prinzen gaben durch Gebärden ihre lebhafte Zustimmung zu erkennen. Der kleine französische Herr, der dicht neben Wilhelm von Oranien stand, zuckte die Schultern, – wie er glaubte, unmerklich. Aber dem scharfen Blick des Statthalters entging die Bewegung nicht, und mit einigem Unmut sagte er:

»Ihr scheint auch diesmal anderer Meinung, Herr de la Chaillerie, und glaubt, daß ich einen bessern Mann in das Vordertreffen der Flotte hätte stellen sollen. Dünkt es Euch nicht genug und nahezu ein Wunder, daß ich diesen fand? Alle die Tausende auf der Flotte hegen noch andern Wunsch und Willen als den: Brot nach Leyden zu bringen; ihm hängt Heil und Seligkeit daran, seine Seele ist nur davon erfüllt!«

»Ihr mögt recht haben, Monseigneur, Ihr seid ein Menschenkenner,« entgegnete der Franzose mit höflichem Lächeln. »Nur schien mir, der wackre Kapitän verschmerzte die Untreue seines Weibes noch nicht so, daß kein Gedanke, als der an seine Mutter, auf dem Grunde seiner Seele Raum hätte.«

»Nun, die Dame Manuelita – hieß sie nicht so? – wird doch der Satan nicht zum zweitenmal nach Holland führen?« rief Boisot, und der Prinz bekräftigte dies Wort durch einen verweisenden Blick auf den französischen Edelmann. Herr de la Chaillerie äußerte nichts mehr, die Fahrt zum Admiralsschiff ward schweigend zurückgelegt. Hier angekommen, versammelte Wilhelm von Oranien noch einmal die Befehlshaber, nahm Abschied von ihnen und dem Schiffsvolk, und schickte sich zur Rückfahrt nach Delft an, von wo er am Nachmittag gekommen war. Seine Mienen zeigten Hoffnung und Besorgnis zugleich; Herr de la Chaillerie, der seinen Platz neben ihm behauptete, mochte wahrnehmen, daß die Augen des Prin-

zen sich noch lange nach jenen drei Schiffen hinwendeten, die beim
Scheine der brennenden Dörfer auf der Flut sichtbar waren. Zuletzt
von der ganzen Flotte entschwanden sie den Blicken, und der Franzose wußte, daß Wilhelm von Oranien auf der weitern Fahrt nur
ihrer und vor allem des ›Verlornen Sohnes‹ gedachte. Die ernste
Stimmung des Prinzen schien auch Chaillerie zu bedrücken, er blieb
stumm, bis die Barke unterwegs bei einem einsamen Landhaus
anlangte, das auf einem Hügel aus der Überschwemmung hervorragte. Hier verabschiedete er sich von dem Statthalter, dem Weiterfahrenden noch von der Türstufe des Hauses nachrufend: »Ich
wünsche, morgen der erste zu sein, gnädiger Herr, der Euch Nachricht vom Entsatz bringt. Ich bin hier dem Kampfe um zwei Stunden näher als Ihr, und wenn ich auch, dem Befehl meines Königs
gehorchend, nicht an Bord der Flotte gehen darf, so werden mein
Fernrohr und meine besten Wünsche ihrem Vordringen folgen.«

»Tut so und habt gute Nacht, Herr de la Chaillerie,« rief der Prinz
herüber, und der Franzose verharrte ehrerbietig so lange auf der
Schwelle, als er die davonfliegende Barke noch wahrnehmen konnte. Ehe er dann an die Tür pochte, ward ihm von innen geöffnet,
und er erblickte seinen Diener, der mit einiger Ängstlichkeit den
Herrn begrüßte.

»Was hast du, Baudry? Was gibt es?« fragte dieser und erhielt zur
Antwort, daß er schon seit dem Nachmittag erwartet werde. Ein
Bote des Obersten Valdez, des spanischen Befehlshabers vor Leyden, habe Wein und Früchte gebracht und dabei dringend eine
Rücksprache mit Herrn de la Chaillerie begehrt. Die Mienen des
französischen Edelmanns wurden bei dieser Meldung verdrossener
und finsterer, er eilte mit raschen Schritten die Stiege empor und riß
ungestüm die Tür seines Zimmers auf. In einem Sessel ruhend harrte hier ein Spanier, der halb ein Soldat, halb Diener zu sein schien,
und Herrn de la Chaillerie ehrerbietig emporspringend begrüßte.
Ehe er Zeit fand, ein Wort hervorzubringen, rief der Franzose hastig:

»Was wollt und sucht Ihr bei mir, Geronimo? Warum bringt der
Oberst meine Ehre durch geheime Sendung in Gefahr? Was denkt
Valdez? Soll ich beim Prinzen von Oranien für einen Spion gelten?«

»Der Oberst versieht sich zu Eurer Freundschaft des Besten,« entgegnete der Bote. »Stets hat er Eurer als Freund gedacht und mich gesendet, um zu erfahren, ob Ihr ihm in seiner Bedrängnis einen Rat verweigern werdet.«

»Sagt Eurem Herrn, wenn er sich wahrhaft als meinen Freund erweisen wolle, so möge er auf jeden Verkehr mit mir verzichten, solange mich des Königs Befehl an den Prinzen von Oranien fesselt. Gottes Tod! ich brauch' ihn nicht wissen zu lassen, daß ich von Herzen bei Euch und nicht bei den holländischen Rebellen bin. Aber da mein König für gut befindet, mit ihnen zu verhandeln, und mich damit betraut, so muß ich eben vergessen, daß ich im spanischen Lager Freunde habe. Nehmt Euren Wein – ich will keinen Tropfen davon. Doch sagt Oberst Valdez, daß, wenn ich auch nur Sumpfwasser bei den Holländern bekäme, ich keinen Becher leeren würde, ohne seine Gesundheit zu trinken! Und seht wohl zu, Geronimo, wie Ihr sicher wieder ins spanische Lager kommt: die Holländer sind auf der Flut wachsam, und trocknen Fußes fandet Ihr keinen Weg hierher!«

»Das laßt meine Sorge sein, gnädiger Herr! Aber soll ich meinem Obersten, der in Bedrängnis ist, nichts als diesen Euren Gruß bringen? Wißt Ihr nicht, daß am Ausgange der Belagerung Ehre und Kriegsruhm Eures Freundes hängt? Er fordert nicht, daß Ihr für ihn die Schiffe der Geusen zählen, ihm die Pläne Oraniens schreiben sollt. Aber er sagte mir: ›Frag um Rat, Geronimo, und wenn de la Chaillerie einen hat, so wird er ihn seinem Freunde Valdez nicht verweigern!‹«

Der französische Edelmann kämpfte sichtlich zwischen der Pflicht, zu schweigen, und dem Verlangen, zu sprechen. Endlich winkte er den vertrauten Diener des Oberst Valdez näher zu sich und sagte mit Nachdruck: »Geht, Geronimo, geht auf der Stelle! Wenn Valdez sein Auge über den Lammer Damm wachen läßt, wird er wohltun. Und hat er, wie ich glaube, einen jungen Kapitän namens Alonzo Alfuente bei seinen Fahnen, so mag er diesem den Platz bei der Durchfahrt vertrauen. Mehr darf ich und will ich nicht sagen. Gott befohlen!«

Der Spanier lauschte den Worten so gespannt, als ob er ihren Klang und Sinn zugleich überbringen wollte. Den Wink des Edelmannes wohlverstehend, verschwand er fast in dem Augenblicke aus dem Zimmer, wo dieser das letzte Wort sprach. Herr de la Chaillerie stand einige Minuten wie halb beschämt, dann kehrte das heitere Lächeln auf sein Gesicht zurück und er murmelte vor sich hin:

»Mag es Valdez gedeihen und den Prinzen ein wenig beschämen. War er doch zu sicher, daß jener verlorene Sohn nichts in der Welt mehr empfinde, als den Drang, sein Brot nach Leyden zu tragen und mit seiner Törin von Mutter zu teilen!«

Während der Stunden, in denen all dies geschah, stiegen die Wasser, die sich meilenweit über das Land breiteten, höher und höher. Bei den Schiffen der Geusen maß man mit wachsender Zuversicht die anschwellende Flut; in den spanischen Verschanzungen, die sich zwischen der Flotte und dem bedrängten Leyden erhoben, sahen die tiefer stehenden Wachen das Wasser ihre Füße benetzen und wichen auf die Dämme zurück. Hier wie dort wurde der Morgen klopfenden Herzens erwartet. Doch so laut auch Belagerern und Befreiern das Herz schlagen mochte: eine Stunde landeinwärts, hinter den Wällen der Stadt, sahen Tausende dem Lichte mit bangerer, verzehrender Sehnsucht entgegen. Tagelang hatten die Hungernden von allen Türmen Leydens die Geusenflotte wahrgenommen, tagelang mit bald hochflackernder, bald verlöschender Hoffnung das Wasser vor ihren Mauern wachsen, sinken und wiederum wachsen gesehen. Schon seit mancher Nacht erquickte auch die Erschöpftesten kein Schlaf mehr; in der Stunde, in der vielleicht der Hunger schwieg, wurden sie von der Erwartung emporgescheucht. »Sie kommen! sie kommen!« war schon hundertmal von freudebebenden Lippen ertönt und so oft wieder in Tränen der Enttäuschung erstickt worden, daß gestern, als die Flotte näher und näher kam, die stumme Erwartung, die wiederum jede Brust erfüllte, keinen Laut mehr fand. Auch heut, in den Stunden zwischen Mitternacht und Dämmerung, schritten die Bürger, die von den Wällen abgelöst wurden, mit manchen andern, die brennende Unruhe und der Jammer ihres Hauses auf die Straßen trieb, dem hohen Wartturm entgegen, der dem Dorfe Lammen zunächst lag. Sie klommen zu seiner Spitze empor und sahen mit einer Art düsterer Freude den Feuerschein der brennenden Dörfer am nachtdunklen Himmel. Lauschend vernahmen sie die unruhige Bewegung im

Lager der Dränger, hörten von den Dämmen den Taktschritt marschierender Truppen, den Schall spanischer Kommandoworte. Von Viertelstunde zu Viertelstunde wuchs die Zahl derer, die auf der Höhe des Wartturms dichtgedrängt ihren Platz fanden. Mit der Morgendämmerung stiegen auch Frauen die schmalen Wendeltreppen auf und ab, und in müden, verweinten Augen blitzte ein Strahl der Freude auf, wenn sie sich der Gegend zuwandten, wo Masten und Wimpel der Geusenschiffe sichtbar waren. Das Frühlicht ließ nur bleiche, abgezehrte Gesichter, nur matte, schwankende Bewegungen bei allen hier Versammelten erkennen. Selbst Herr Adrian van der Werft, der Bürgermeister der Stadt, der eine würdige, stolze Haltung zu bewahren suchte, zitterte merklich, als er um die sechste Stunde den Turm erstieg. Er stützte freilich im Emporsteigen sein junges Weib, dem zwei Knaben folgten, auf deren blasse Gesichter die Mutter mit Bekümmernis zurückblickte. Aber dennoch wäre Herr Adrian fester aufgetreten, wenn ihn nicht, gleich allen, die bange Furcht dieser Stunden überwältigt hätte. Ehrerbietig wichen die Gruppen auf dem Turm zur Seite; er winkte sie zu sich heran, indem er ausrief: »Wir teilen gleiche Not, und mögen also auch die Hoffnung teilen!« Dann trat er an die Brüstung und blickte mit den andern in die Ebene hinaus, in welcher die stundenbreite Flut, graue Nebel und Oktoberhimmel nur wenige bestimmte Umrisse erkennen ließen. Mit Spannung wartete auch Herr Adrian auf den Donner der Geschütze. Dicht zur Seite des Bürgermeisters und neben dessen Frau drängte sich jetzt eine Greisin, die allen Umstehenden bekannt schien. Keiner hatte acht auf sie, obschon ihr Gebaren jedermann seltsam dünken mußte. Denn unablässig strich sie die silberweißen Flechten, die breit über ihrer Stirn lagen, zurück, als könne sie dadurch die Sehkraft der halberloschenen Augen erhöhen. Und unermüdlich bewegten sich ihre Lippen in leisem Gebet, erhob sich ihr Gesicht mit stehendem Aufblick zum Himmel. Die Entbehrung stand mit noch tieferen Runen in diesem Gesicht geschrieben, als in dem der andern, und doch blieb sie die einzige, die nicht hastig um sich blickte, als der Diener Adrian van der Werfts mit einer irdenen Schüssel erschien, auf der eine Art von Gebäck rauchte. In jedem Auge, außer dem der alten Frau, glänzte Lüsternheit. Der Bürgermeister sagte schmerzlich: »Dies ist Brot von Kleien und Nesseln – wenn noch eine Nacht ohne Hilfe verstreicht, werden wir morgen auch das vermissen!« Er zerteilte den schwarzen Klumpen und bot die Stücke an alle, die sich um ihn drängten. Auch der Greisin reichte er eins der Stücke, sie wies es aufwallend zurück:

»Um meiner Sünden willen darbt ihr alle – wie dürft' ich euch den Bissen vom Munde nehmen?!«

Schon trat ein anderer herzu, um die traurige Spende gierig aus der Hand van der Werfts zu nehmen, dessen junge Frau, während sie zu essen versuchte, in bittere Tränen ausbrach. Der Bürgermeister, der den Hut tiefer in die Stirn drückte, um seine eigenen feuchten Augen nicht sehen zu lassen, rief mit erzwungener Strenge: »Warum bist du nicht im Haus geblieben, Siegbrit? Daß ihr Frauen doch stets zuerst die Not unerträglich finden, unser Herz zu allem Kummer mit unnützen Tränen beschweren müßt!« – –

Er unterbrach sich plötzlich und eine glühende Schamröte überflog sein Gesicht. Er hatte, während der rauhen Worte, seinen Teil des elenden Mahles rasch verzehrt, und sah jetzt, wie sein Weib den ihren zu drei Vierteilen an die beiden Knaben gab, die mit hungrigem Verlange zu ihr aufblickten. Sich wegwendend und an die dunklen Worte anknüpfend, die ihm die alte Frau vorhin erwidert hatte, sprach er rasch zu dieser:

»Ihr tut übel, Frau Engelbrecht, daß Ihr Euch zu allem Elend dieser Tage noch eine Reue aufbürdet, die Euch nicht zukommt. Daß Ihr Eurem pflichtvergessenen Sohn die Tür gewiesen und lieber gedarbt, als aus seiner Hand genommen habt, was Ihr zum Leben braucht, das wird Euch von keinem zur Unehre gerechnet. Und wenn Ihr nicht andere Sünden zu bereuen habt, warum fürchtet Ihr dann, daß dies Unheil um Euretwillen die Vaterstadt betroffen hat? Warum wollt Ihr auf Eure alten Schultern die Last nehmen, die uns allen auferlegt ward?«

»Ihr habt unrecht, nicht ich, Herr van der Werft,« entgegnete die Greisin in heftiger Erregung. »Will Gott Euch prüfen, so will er mich strafen. Habe ich damals meinem Erich anders als hart zugesprochen, habe ich seiner geschont, wie eine Mutter doch soll? Mußt' ich alte Frau die erste sein, die vergaß, daß heißes Jugendblut oft wider den edlen Sinn im Menschen streitet? Mußt' ich ihn hinwegstoßen, wo ich ihn an mein Herz hätte ziehen sollen, damit er zur Besinnung komme? Hab' ich je einen Schritt getan, ihm zu zeigen, daß er seine Liebe an eine Unwürdige dahinwarf? Ihr – Ihr hättet ein Recht gehabt, ihn streng an seine Pflicht gegen Stadt und Land zu mahnen; ich hätte gedenken sollen, wie treu und wacker er sich zuvor gegen mich erwiesen! Redet mir nichts, – das Brot, das ich ihm, der so redlich mit mir teilte, vor die Füße warf, wird mir und Euch allen mit bitterm Hunger heimgezahlt!«

Der Bürgermeister wollte offenbar der Greisin antworten. Aber ehe er die Lippen öffnete, schlug an sein und aller übrigen Ohr der beginnende Kanonendonner. Vom Lammer Damm herüber krachten die Geschütze der Spanier und der Geusenflotte, die Tore der Stadt wurden gleichzeitig von den Belagerern beschossen. Mit wilder Spannung lauschten Männer und Frauen, selbst die Knaben Adrian van der Werfts, nach dem Schall des Kampfes bei den Dämmen. Auf dem Turme begann ein fortwährendes Auf- und Abwogen, Boten aus allen Teilen der Stadt kamen zu dem Bürgermeister oder wurden von ihm entsendet, Bürger eilten die schmale Stiege hinab, den Ihrigen das gewisse Nahen der Helfer zu verkünden, während viele andere empordrängten, um gleichfalls einen Blick hinaus zu tun. Stunde um Stunde verging – jede schien heute sechstausend für sechzig Minuten zu zählen. Denn der Mittag kam heran, und noch immer war nichts zu erschauen, als dunkles Gewühl und hoch aufwallende Pulverwolken. Die Angst wie die Freude der Erwartung malten sich auf allen Gesichtern, nur Adrian van der Werft zeigte jetzt wieder entschlossene Ruhe. Die Greisin dicht neben ihm stand in zuckender und nach stummen Pausen laut aufstöhnender Ungeduld. Um die zweite Stunde mochte es sein, als sich durch die Menge auf dem Turm ein Bewaffneter drängte, schweiß- und staubbedeckt, in seinen Zügen wilde Erregung. Nach dem Bürgermeister rufend, begann er mit fliegender Hast:

»Sie kommen gewiß – sie kommen! Der Damm von Zoetervoude ist überstiegen, – die Geusen sind diesseits. Drei Schiffe, den andern voran, kanonieren mit den Schanzen bei Lammen, – dort müssen sie durchbrechen, dort stehen die Spanier mauerdicht. Wenn sie Hilfe aus der Stadt erhielten ...!«

Tief aufatmend, vollendete er nicht, aber rings erklang es: »Er hat recht, – wir müssen hinaus! Ein Ausfall! ein Ausfall!« Adrian van der Werft gebot mit einem Blicke seines Auges Stille; rasch frug er: »Sahest du selbst, was du eben berichtest?«

»Ich und Pieter Kollenbusch wagten uns hinaus, und kamen schwimmend und watend bis zum Lammer Holz. Von dort konnten wir den Damm und das Wasser bis Zoetervoude überschauen. Ich sah die Geusenschiffe wenden, konnte die Männer auf ihnen unterscheiden. Ja, fast wollt' ich schwören, ich hatte an Bord des vordersten Schiffes Jan Erich Engelbrecht, der früher hier Medikus war, erkannt. Euren Sohn, keinen andern, Frau Engelbrecht!« Selbst in diesem Augenblick, wo die vernommene Kunde die Versammelten überwältigte, blickten dennoch alle auf die Greisin. Diese starrte erst wie betäubt den Sprechenden an, dann leuchteten ihre Augen, sie richtete sich empor und rief dem Bürgermeister eifernd zu:

»Mein Erich auf den Schiffen? Mein Sohn bei den Geusen! Seht ihr nun, wie ich an ihm gesündigt habe? Er kommt, er hat den Gedanken nicht ertragen, daß seine Mutter hier verschmachten soll! Er ist da und sucht die, die ihn mit Füßen von sich stieß. Und ich stehe hier und stiege ihm nicht entgegen? Er naht auch für euch, und ihr zaudert, ihm die Tore zu öffnen! Was zögert und wartet ihr? Er hat einen weiten Weg zurückgelegt, und darf wohl hoffen, daß wir ihm auf der letzten Strecke entgegenkommen!«

Van der Werft und die Männer, die sie umgaben, suchten mitleidig die wild erregte Greisin zurückzuhalten. Aber Frau Engelbrecht stieß sie alle mit plötzlichem Entschluß und ungeahnter Kraft zur Seite, und flog die schmal gewundenen Stufen so blitzschnell hinab, daß ein seltsam jauchzender Ton zur Platte emporklang, ehe nur einer ihr nachgeeilt war.

»Gebe Gott,« rief droben van der Werft, »daß deine Augen dich nicht täuschten, Jan; daß du wirklich Erich Engelbrecht gesehen hast. Ein Ausfall wird sicher von unsern Helfern erwartet, und wir wollen eilen, ihn zu ordnen. Aber laßt kein Weib aus dem Tore, und am wenigsten diese, die den Tod finden würde, ehe sie ihren Sohn in die Arme geschlossen hätte. Ruft die Bürgerhauptleute zu mir, haltet euch alle mit euren Waffen bereit, und dann laßt uns sehen, wo wir den Befreiern nützen können!«

Aber während dies noch gesprochen ward, erreichte drunten die Greisin im hastigen Lauf das Ausfallspförtchen zunächst dem Turm. Noch hatte es der Wächter, der Pieter Kollenbusch und dessen Gefährten eingelassen, nicht wieder verschlossen. Hätte sich jetzt zur offenstehenden Tür ein spanischer Musketier hereingedrängt – er würde den wackern Bürger minder bestürzt haben, als die plötzliche Erscheinung der alten Frau, die ohne Zögern, ohne ein anderes Wort, als den lauten Ausruf: »Sie kommen! Mein Sohn kommt!« hinausstürzte und schon nach zwei Minuten zwischen den Trümmern der eingeäscherten Vorstadt verschwunden war. Kanonendonner und Musketenfeuer erschollen in diesem Augenblick stärker als zuvor, und der Wachthaltende besann sich, daß der einzige schmale Pfad, der hier noch über das Wasser hervorragte, unmittelbar auf Lammen hinführe. Kein Wunder, daß er tief aufseufzte und den heraneilenden Bürgermeister samt seiner zum Ausfall gerüsteten Schar auf die Frage nach Frau Engelbrecht nur mit einer Gebärde stummen Bedauerns antwortete. Niemand forschte weiter – aller Herzen waren von banger Erwartung und Hoffnung erfüllt, und keiner stand der alten Frau näher. Hunderte von matten Kämpfern, von blassen, abgezehrten Gestalten zeigten sich rings auf den Mauern und sanken sich in die Arme oder blickten tränenlos zu Boden, je nachdem der Schall des Kampfes sich zu nähern oder zu entfernen schien. Wer hätte der Greisin gedenken sollen, die, ihrer Sinne nicht mächtig, ihrer Umgebung nicht achtend, zwischen der Flut und der Zerstörung ringsum, dem in Geschützrauch gehüllten Damme zustrebte? Mit nachtwandlerischer Sicherheit schritt sie dahin. Vor sich erblickte sie die spanischen Schanzen, rechts und links marschierende Truppen, oder Böte, mit Bewaffneten angefüllt. Am Tore von Leyden, das schon weiter hinter ihr lag, nahm sie das Gewühl eines Kampfes wahr und wußte, daß Adrian van der Werft mit den Seinen die Dränger angegriffen. Sie murrte verdrossen: »Warum kommen sie nicht auf diesem Weg meinem wackern Erich entgegen?« und stieg den Hügel empor, der sich vor ihr erhob. Zu ihren Füßen lag der Lämmer Damm mit dem Gewimmel seiner Verteidiger. Ihr Herz schlug heftig, als sie auf der Flut die Segel dreier Geusenschiffe und weiter die der ganzen Flotte heranschwellen sah. Kein Gedanke an Gefahr kam in ihre Seele, entschlossener, eiliger als zuvor setzte sie ihren Weg fort, der auf die spanische Schanze zu führen schien. Wunderbar genug blieb die Greisin von all den Tausenden unbemerkt, die zu dieser Stunde die Dämme und Pfade ringsum bedeckten. Jedes Auge schien gleich dem ihren nur nach dem Wasser und den Schiffen gerichtet, und so konnte es geschehen, daß sie zwischen den spanischen Piken und Musketen der Schanze auf dem Damm und bei der Durchfahrt näher und näher kam.

Dort aber blitzte es auf und ab, leuchteten Waffen und erscholl das Getöse harten Kampfes. Erst um Mittag hatte Admiral Boisot seine Geusenflotte den letzten spanischen Werken entgegengeführt. Und während die holländischen Schiffe auf der ganzen Linie den Geschützkampf gegen die spanischen Werke eröffneten, trieben der ›Verlorene Sohn‹ und der ›Egmont‹ hart vor den Lammer Damm, und mit kundigem Auge ersah Cornelis ter Decken die mächtigen erdwallgeschützten Schleusentore, durch die die Flotte gelangen mußte. Mitten im Kugelregen deutete er dem Führer des ›Verlorenen Sohnes‹ die Richtung an und ließ ihm dann den vorderen Platz. Erich Engelbrecht stand heut auf seinem Schiffe, wie am Abend zuvor, finster entschlossen, fast unbeweglich, das Auge nach den Türmen von Leyden gerichtet, aber seine Befehle so kurz, so scharf erteilend, daß die Männer seines Schiffes stolz auf ihn blickten. Im Gürtel trug er neben Schwert und Dolchmesser ein Brot, er zeigte es den Gefährten und rief mit lauter, weitschallender Stimme: »Will's Gott, so wird dies heut am Abend nicht verschmäht!« Im Augenblick, wo die Mannschaft beider Schiffe dem Ruf des Führers zujauchzte, stießen sie auf die spanischen Wachtböte, die dicht vor der Schleuse lagen und aus denen ein rollendes Musketenfeuer den ›Verlorenen Sohn‹ wie den ›Egmont‹ begrüßte. Rechts und links stürzten tapfere Männer über den Schiffsrand in die trübe Flut, mehr als einer lag blutend auf dem Deck und mühte sich trotz der Wunde, sein Beil nach den verhaßten Spaniern zu schleudern. Erich Engelbrecht stand aufrecht wie zuvor; aber der Ausdruck seiner Züge war wunderbar verändert. Die breiten Narben, die sein Gesicht entstellten, unterliefen plötzlich mit Blut, sein Auge, eben nur, auf das Dammtor und die Schanze gerichtet, heftete sich jetzt stier auf den Trupp der spanischen Musketiere. Cornelis ter Deckens Stimme erscholl: »Vorwärts, vorwärts an das Tor!« Aber für Erich bedurfte es des Zurufs nicht; einem Rasenden gleich, befahl er seinem Steuermann, mit dem Schiff auf den Damm zu stoßen. Und ehe noch dem Befehl genügt war, maß er die Höhe der Schanze, sprang mit gewaltigem Satze vom Schiff auf den Damm und rief seine Leute, von denen ihm nur eine Anzahl folgte, zum Sturm. Mit einem Schlage schien die Besonnenheit Erichs zu toller Wut umgewandelt; aus dem Gürtel hatte er sein Schwert gerissen, sah nicht vorwärts, nicht zurück, nur über sich nach der Schanze, wo neben dem spanischen Feldzeichen ein Kapitän der feindlichen Musketiere stand.

Höhnisch lachte dieser auf die anstürmenden Geusen, und deren Führer zumal, herunter. Mit Blicken des tödlichsten Hasses spähte Erich Engelbrecht empor – jenen allein hatte er im Auge, als er rasend, seine Schiffsgenossen weit hinter sich, den Wall hinaufstürmte. Aus zwei Wunden blutend fand er sich wenige Augenblicke später zurückgeschleudert – doch ohne Besinnen sammelte er seine gelichtete Schar zu neuem Anlauf. Keiner, außer Erich, hatte noch des spanischen Kapitäns acht, über dessen bräunlich schönes Gesicht das Hohnlächeln ging. Aber so oft Erich dies Gesicht wahrnahm, faßte ihn rasender Zorn, und fort und fort suchte er in gewaltigen Anläufen den spanischen Wall zu stürmen. Cornelis ter Decken, der bisher noch auf seinem Schiff geblieben war, sprang jetzt gleichfalls auf den Damm, eine spanische Kugel streifte zum Willkomm sein Gesicht. Er achtete ihrer nicht, sondern faßte Erich Engelbrechts Arm:

»Besinne dich, Bruder – hier wird es nicht gehen! Wir verlieren die Kraft und die Leute, laß uns zur Sammlung kommen!«

»Aber wir müssen hier durch!« schrie Erich Engelbrecht auf. »Soll uns dieser Dreckhaufen hindern? Soll der Bube, mit dem ich noch abzurechnen habe, hinter uns drein lachen und sich dann am Jammer der verschmachtenden Stadt werden? Ihn muß ich treffen, und stürzt' ich mit ihm zugleich in die Flut hinab!«

Cornelis ter Decken folgte dem Blick Erich Engelbrechts. Er sah zu der spanischen Schanze hinauf, wo der Kapitän zwischen halb verzogenen Rauchwolken stand; er frug hastig: »Wer? Wen mußt du treffen?« und hörte fast zugleich den erbitterten Ausruf: »Alonzo! Alonzo Alfuente!« und einen neuen Befehl zum Sturm. Nur ein Trupp der Geusen stürmte waffenrasselnd hinter dem Führer drein, dessen Ungestüm mehr lähmend als befeuernd auf die Männer zu wirken schien. Auf der Höhe des Walls aber schwang der spanische Kapitän die Partisane, seine Musketiere mit höhnischen Worten zum Widerstand anfeuernd: »Schlagt drein! Stürzt sie hinab! Ihr Führer entsprang dem heiligen Amt und dem Scheiterhaufen – greift ihn lebendig! Steht fest! – er wußte sein Ehebett nicht gegen mich zu schirmen und wird uns die Schanze nicht nehmen!« Wildes Jauchzen und rohes Gelächter beantwortete droben, ein lauter Aufschrei der Wut drunten den Spott Alfuentes. Im nächsten Augenblick kreuzten sich Piken und Schwerter der Spanier und Geusen. Erich Engelbrecht faßte dem Kapitän gegenüber auf dem Walle festen Fuß, vor der Wucht seines breiten Schwertes wich Alfuente abwehrend wenige Schritte zurück. Kaum sah er ihn weichen, so stützte sich der Führer des ›Verlorenen Sohnes‹, dessen Erbitterung mit jeder Sekunde wuchs, auf seine Waffe und schwang sich empor. Mit der einen Hand das spanische Feldzeichen umklammernd, mit der andern das Schwert schwingend, stand er dem gehaßten Feinde gegenüber. Die spanischen Soldaten drängten zurück, die Geusen auf Erichs Zuruf vorwärts – einen Augenblick schwankte die Entscheidung. Aber mit einer Kraft des Hasses, die jener, die aus den Augen des Leydeners blitzte, nichts nachgab, warf sich Alonzo Alfuente dem Wütenden aufs neue entgegen. Blitzschnell, übergewandt fing er die wuchtigen Streiche Erichs auf, und plötzlich rollte dieser, vom Schwerte des spanischen Kapitäns getroffen, den Wall hinab. Mit neuem Mut erfüllt fochten die Spanier, während die Geusen, durch den Fall ihres Führers verwirrt, den Wall verließen, zum Teil schon in die Flut zurücksprangen und schwimmend ihre Schiffe zu erreichen suchten. Cornelis ter Deckens Stimme drang umsonst befehlend, beschwörend durch das Getümmel, das Vertrauen aller hatte zu fest auf dem gestanden, der blutend am Boden lag, und auf den der Spanier lautspottend herablachte. Wenige Männer eilten zu ihm hin, ter Decken rief weithinschallend:

»Vorwärts, vorwärts, ihr Männer! – Was befällt euch? – was zaudert ihr? Dort hinauf, die hungernde Stadt sieht uns entgegen!«

In diesem Augenblick richtete sich der Verwundete halb empor. Seine Augen öffneten sich weit und blickten wiederum aufwärts, aber nicht nach dem höhnenden Gegner. Mit letzten Kräften sprang er auf seine Füße, beide Arme ausbreitend, neubelebt!

»Die hungernde Stadt?« klang seine Stimme. »Die hungernde Mutter willst du sagen, Cornel! Siehst du sie nicht dort, dort oben, wie sie mir stehend die Arme entgegenstreckt?«

Überwältigt vom Anblick hielt er einen Augenblick inne. Hoch auf der spanischen Schanze, noch über den Häuptern der Kämpfer, zeigte sich eine Frauengestalt und schien hilfestehend herabzusehen. Ihr weißes Haar, von einem Strahl der Abendsonne beleuchtet, ihre gefalteten Hände waren allen erkennbar. Aber ehe noch die wunderbare Erscheinung von den Spaniern wahrgenommen ward, raffte Erich Engelbrecht das Schwert auf, das ihm vorhin entfallen war, und sprang dröhnend, allen unerwartet, noch einmal empor. Mit so gewaltiger Kraft und Erbitterung unterlief er den höhnenden Alfuente, daß dieser vom bloßen Anprall zur Erde stürzte und nur vom Blut aus der Wunde seines Gegners überströmt ward. Mit stählernen Armen riß Erich den Spanier wieder auf und schleuderte ihn, zwei Schritt zurückspringend, vom Wall hinab in die Flut. Unter schallendem Jubel brachen gleichzeitig rechts und links die Geusen durch die Reihen der Spanier, die plötzliche Erscheinung der alten Frau, die gewaltige Erhebung ihres Führers riß sie zu einem letzten siegreichen Sturme fort. Den Damm entlang flohen die erschrockenen Verteidiger, sprangen in die Flut oder wurden hinabgestürzt. Und betäubend mischte sich mit den Schlachtrufen der Angreifer, dem Getümmel der Geschlagenen neuer Geschützdonner.

Erich Engelbrecht schien taub beim Todesgestöhn und Siegesjubel, blind für das Gewühl ringsum. Als aber – allen andern im Schlachtlärm unhörbar – eine schwache Stimme den Namen »Erich« rief und zwischen den Rauchwolken auf der Höhe des spanischen Werkes ein dunkles Frauengewand, eine wankende Gestalt sichtbar wurden, da horchte er jauchzend auf und stürzte trotz seiner Wunde vorwärts: er hörte, er sah die Mutter! Dort stand sie, mit leuchtenden Augen, wie aus einem wüsten Traum erwacht, sah den Sohn zu ihren Füßen und war im Begriff, sich zu den seinen zu werfen, als er sie in seinen Armen auffing. Er sprach in der Erschütterung des Augenblicks kein Wort zu ihr, aber als ihr Auge an seinem Gesicht, seiner Gestalt niederglitt, sah der starke Mann, der Krieger, der vom Blut seiner Wunden bedeckt war, die alte Frau demütig bittend an, und fast zitternd bot er ihr das Brot dar, das er im Gürtel trug. Sie nahm es, ihre Augen leuchteten, ihre welke, zitternde Hand brach ein Stück Krume davon und wehrte dabei den heißen Küssen nicht, mit denen Erich sie bedeckte. Die Kampfgenossen aber, die sich rasch herzugefunden hatten, jauchzten laut auf, als sie sahen, wie Mutter und Sohn zwischen den Trümmern der Schlacht und der Verwüstung sich fest umschlossen. Keiner frug, wie die Greisin zur Höhe der spanischen Schanze gelangt sei, nur Erich sagte bebend: »Dich haben Engel Gottes hierhergetragen und beschirmt!«

»Ich fand nur diesen Weg aus der Stadt,« antwortete sie, die Wunden des Sohnes geschäftig verbindend. »Ich sah nur nach euren Schiffen und ward von den Feinden nicht erblickt. Ich hörte, daß du kämst, und mußte dir doch ein paar arme Schritte entgegentun! Auch trug ich's nicht länger, daß die Stadt um meinetwillen litt – ich wußte, daß du da warst, ihre wie meine Not zu enden!«

Wie eine Mahnung erklangen die Worte der Greisin. Erich Engelbrecht schloß die Mutter nochmals in seine Arme, dann hoben die Geusen ihn und sie in ihre Schiffe. Krachend waren schon die Pforten der Durchfahrt zerschlagen worden, rauschend die Wasser von rechts und links zusammengeströmt. Auf ihnen schwammen jetzt der ›Verlorene Sohn‹ und der ›Egmont‹, gefolgt von wohl hundert Schiffen, den großen Kanal hinab, der nach Leyden führte. Von den Türmen klangen ihnen die Glocken entgegen, und im letzten Abendlicht fuhr die Flotte der Geusen zwischen den Mauern und Häusern der geretteten Stadt ein. Tausende standen erwartend, freudeweinend, erlösungstrunken zu ihrem Empfang. Auf dem Deck des ersten Schiffes erblickten die Bürger Erich Engelbrecht, der seine Mutter umschlungen hielt. Hundertstimmig, mit betäubendem Jubel grüßten sie den Sohn Leydens als den ersten der Retter. Der Führer des ›Verlorenen Sohnes‹ aber blickte schamrot nieder und schloß der freudebebenden Greisin den Mund, als sie ihn pries. »Lobe mich keiner!« rief er ihr zu. »Was wäre geschehen, wenn ich dich nicht erblickt hätte? Glaubt' ich nicht, als ich vorhin verwundet zu Boden stürzte, daß ich nicht würdig sei zur Rettung der Stadt? Hab' ich Anteil an ihr, so hab' ich ihn nur durch dich. Gott hat dein Herz gelenkt, daß du dem Reuigen auf halbem Wege entgegenkamst – dich und, deine Liebe mögen sie preisen!« –

Am nächsten Nachmittag fuhr Wilhelm von Oranien auf der Barke, mit der er vor zwei Tagen die Flotte besucht hatte, nach Leyden. Die gleichen Begleiter wie vorgestern waren um ihn, auf die gleiche Flut blickte sein Auge, aber hinter den halb in Trümmer gesunkenen spanischen Werken lag die befreite, jubelerfüllte Stadt, die im Überfluß die Tage des Mangels vergaß. Ringsum zeigten sich die Spuren des Kampfes vom Tage zuvor – der Prinz achtete kaum darauf, sondern lauschte dem Bericht Boisots über die letzten Stunden der Belagerung und den Entsatz. Als aber der Geusenadmiral Erich Engelbrechts und dessen gedachte, was sich mit ihm begeben hatte, rief Wilhelm von Oranien dem französischen Edelmann an seiner Seite triumphierend zu: »Und was meint Ihr nun? Was sagt Ihr jetzt? Hatte ich nicht den Rechten und den Besten gewählt?«

Herr de la Chaillerie fuhr bei der Frage des Statthalters aus trüben Gedanken empor. Unter den spanischen Leichen, die den Schanzen bei Lammen zunächst von der Flut auf den Damm geschleudert waren, hatte er den jungen Musketierkapitän Alonzo Alfuente erkannt und war bei diesem Anblick erblaßt. Sich zusammenraffend, gewaltsam lächelnd, sagte er:

»Der Erfolg entscheidet für Euch, Monseigneur. Doch habt Ihr schwerlich voraussehen können, daß Eurem Helden die Mutter mitten unter den Piken und Musketen der Spanier entgegenstürzt, – oder liegt auch das im Glauben an die Vorherbestimmung?«

»Gewiß nicht,« entgegnete ruhig, fast feierlich Wilhelm von Oranien. »Aber ich vertraute und werde allezeit vertrauen, daß einer Reue wie der Erich Engelbrechts, einem Willen zur Umkehr gleich dem seinen, auf halbem Wege Hilfe zu teil wird, wenn er ihrer bedarf. Ich zweifle so wenig daran, wie am Himmel selbst, und Ihr mögt vielleicht meinen Glauben teilen, da Ihr jetzt das Freudengeläut von den Türmen Leydens vernehmt!«

Über tredition

Eigenes Buch veröffentlichen

tredition wurde 2006 in Hamburg gegründet und hat seither mehrere tausend Buchtitel veröffentlicht. Autoren veröffentlichen in wenigen leichten Schritten gedruckte Bücher, e-Books und audio-Books. tredition hat das Ziel, die beste und fairste Veröffentlichungsmöglichkeit für Autoren zu bieten.

tredition wurde mit der Erkenntnis gegründet, dass nur etwa jedes 200. bei Verlagen eingereichte Manuskript veröffentlicht wird. Dabei hat jedes Buch seinen Markt, also seine Leser. tredition sorgt dafür, dass für jedes Buch die Leserschaft auch erreicht wird.

Im einzigartigen Literatur-Netzwerk von tredition bieten zahlreiche Literatur-Partner (das sind Lektoren, Übersetzer, Hörbuchsprecher und Illustratoren) ihre Dienstleistung an, um Manuskripte zu verbessern oder die Vielfalt zu erhöhen. Autoren vereinbaren direkt mit den Literatur-Partnern die Konditionen ihrer Zusammenarbeit und partizipieren gemeinsam am Erfolg des Buches.

Das gesamte Verlagsprogramm von tredition ist bei allen stationären Buchhandlungen und Online-Buchhändlern wie z. B. Amazon erhältlich. e-Books stehen bei den führenden Online-Portalen (z. B. iBookstore von Apple oder Kindle von Amazon) zum Verkauf.

Einfach leicht ein Buch veröffentlichen: **www.tredition.de**

Eigene Buchreihe oder eigenen Verlag gründen

Seit 2009 bietet tredition sein Verlagskonzept auch als sogenanntes "White-Label" an. Das bedeutet, dass andere Unternehmen, Institutionen und Personen risikofrei und unkompliziert selbst zum Herausgeber von Büchern und Buchreihen unter eigener Marke werden können. tredition übernimmt dabei das komplette Herstellungs- und Distributionsrisiko.

Zahlreiche Zeitschriften-, Zeitungs- und Buchverlage, Universitäten, Forschungseinrichtungen u.v.m. nutzen diese Dienstleistung von tredition, um unter eigener Marke ohne Risiko Bücher zu verlegen.

Alle Informationen im Internet: **www.tredition.de/fuer-verlage**

tredition wurde mit mehreren Innovationspreisen ausgezeichnet, u. a. mit dem Webfuture Award und dem Innovationspreis der Buch Digitale.

tredition ist Mitglied im Börsenverein des Deutschen Buchhandels.

Dieses Werk elektronisch lesen

Dieses Werk ist Teil der Gutenberg-DE Edition DVD. Diese enthält das komplette Archiv des Projekt Gutenberg-DE. Die DVD ist im Internet erhältlich auf **http://gutenbergshop.abc.de**